가르강튀아

일러두기

• 이 책은 RABELAIS, François, 『Gargantua(édition princeps de 1534)』(ATHENA, 2009)를 참고했습니다.

진형준 교수의 세계문학컬렉션 08

가르강튀아 Gargantua

프랑수아 라블레 지음

살림

프랑수아 라블레

17세기 작자 미상의 작품.

『가르강튀아』를 펼쳐 보여주는 라블레

1854년 판 『가르강튀아』의 표제지에 실린 프랑스 화가 귀스타브 도레의 작품. 라블레는 1532년 『팡타그뤼엘』(제2서), 1534년 『가르강튀아』(제1서)를 잇따라 발표해 프랑스 르네상스를 이끄는 뛰어난 풍자 걸작을 선보였다. 하지만 1534년 가을 개혁운동에 대한 탄압이 시작되고 1535년 종교개혁가 칼뱅의 『기독교 강요(綱要)』가 출간되면서 신교와 구교 간 갈등이 극심해지자 활동을 중단했다. 1542년 문제가 되는 내용들을 걸러낸 뒤 두 작품의 개정판을 냈지만 그럼에도 파리 대학은 금서 판결을 내렸다. 1546년 출간한 『제3서』 역시 금서 처분을 받아 해외 망명길에 올랐다. 1551년 귀국했으나 가톨릭과 프로테스탄트 모두로부터 비난을 받았다. 1552년 펴낸 『제4서』도 파리 대학과 고등법원에 의해 금서로 고발당했으며, 이듬해 세상을 떠났다.

LE GARGANTUA DU SIECLE
ou
L'ORACLE DE LA DIVE BOUTEILLE.

「**혁명가 가르강튀아** Gargantua en révolutionnaire」

1790~1792년경 파리에서 제작된 작자 미상의 작품. 프랑스혁명을 풍자한 작품으로, 가르강튀아와 그의
무리가 왕국의 운명이 어떻게 될 것인지 알려고 신탁을 묻는다는 내용이다. 몽테뉴와 함께 16세기 프랑스
르네상스를 대표하는 라블레는 영국의 셰익스피어, 스페인의 세르반테스와 어깨를 나란히 하는 작가로
평가받는다. 라블레의 혁명적인 사상은 작품 속에 나오는 문장 "너 하고 싶은 대로 하라"로 요약된다. 완
전한 인간의 해방과 자유를 주장한 것이다. 라블레는 가톨릭의 금욕주의, 프로테스탄트 칼뱅주의의 엄격
주의 둘 다를 거부하고, 인간의 자연스러운 본성을 억압하는 모든 것을 부정하고 풍자했다. 이런 점에서
그를 진정한 근대소설의 창시자라고 일컫기도 한다.

「팡타그뤼엘의 어린 시절 L'enfance de Pantagruel」

프랑스 화가 귀스타브 도레의 1873년 작품. 가르강튀아는 484세에 아들 팡타그뤼엘을 얻는다. 가르강튀
아와 마찬가지로 팡타그뤼엘은 갓난아기 때부터 엄청난 식욕을 자랑했다. 가르강튀아 집안이 거인족이라
서 가능한 이야기이기도 한데, 예를 들어 4,600마리 분의 우유와 암소 한 마리를 단번에 먹어 치운다. 거
기다 머리까지 엄청 똑똑하다. 자신도 어린 시절에 엄청난 공부를 했던 가르강튀아는, 아들 역시 모든 학
문에 통달한 인물로 키우려 한다. 그래서 팡타그뤼엘은 그리스어, 라틴어, 히브리어, 아랍어, 기하학, 수학,
음악, 천문학, 법학, 박물학, 의학, 해부학, 종교, 병법에 이르기까지 온갖 것을 배운다.

「로마의 카니발 Karneval in Rom」

네덜란드 화가 요하네스 링걸바하의 1650~1651년경 작품.『가르강튀아』에서 가장 돋보이는 요소는 바로 웃음과 자유다. 라블레는 이 작품에서 중세시대의 낡은 도덕과 사회질서, 기독교 세계관을 우스꽝스럽고 기묘하게 묘사함으로써 풍자하고 비판한다. 이를 통해 모든 사람이 기존의 권력에 의해 주어진 계급과 관점에서 벗어나 자유로운 존재로, 정신적·육체적으로 온전한 인간으로 살아갈 것을 주장한다. 이런 라블레 작품의 특징을 두고 러시아 비평가 미하일 바흐친은 "카니발레스크(carnivalesque)" 즉 '카니발적'이라고 표현했다. 바흐친은 모두가 대등하고 자유롭고 웃음으로 가득한 이 카니발(축제, 사육제)과 같은 작품 세계가 바로 기존 권위에 대한 도전이며, 이것은 문화뿐 아니라 사회와 정치에도 변혁을 가져올 수 있는 원동력이라고 평가했다.

인간의 골격

프랑스 해부학자 샤를 에스티엔이 1545년 출간한 해부학서 『인체 부위들의 해부(De dissectione partium corporis humani)』에 수록된 삽화. 가르강튀아가 아들 팡타그뤼엘에게 가르치려 했던 백과사전처럼 방대한 학문에는 해부학도 포함된다. 또한 라블레는 의학자이자 현직 의사이기도 했다. 르네상스 인문주의자답게 『가르강튀아』에서 드러난 라블레의 지식과 교육에 대한 관심과 열정은 굉장하다. 인간에게는 '알 자유'가 있을뿐더러 '앎'이 '자유'를 준다고 여겼기 때문이다. 라블레의 교육에 대한 태도가 이전 시대와 달랐던 점은 지식이 반드시 실생활에서 이용될 수 있어야 한다고 보았던 데 있다. 또 교육 방법에서도 학습은 자발성의 원리에 따라 이루어지기 때문에 강제보다는 흥미 중심으로 해야 한다고 보았다. 그래서 흥미를 유발하기 위해 놀이나 운동을 적극 활용하곤 했다.

 가르강튀아 **차례**

독자에게

친애하는 독자 여러분,

여러분 마음속의 모든 정념을 떨쳐버리십시오.

그리고 이 책을 읽으며 성내지 마십시오.

이 책에는 웃음밖에 없답니다.

슬픔은 우리 마음을 상하게 하고 괴롭히기 마련이니,

웃음 이외의 다른 이야깃거리는 내 마음을 끌지 못합니다.

여러분은 이해할 겁니다.

눈물보다는 웃음에 대한 이야기를 쓰는 게 낫다는 것을.

웃음은 인간의 본성이니까요.

작가 서문

　이름 높은 술꾼, 그리고 매독 환자 여러분(내 글은 당신들에게 바치는 것이다), 플라톤의 『향연』에 그의 스승 소크라테스가 어떻게 묘사되어 있는지 아는가? 소크라테스는 실레노스와 같다고 나와 있다. 실레노스란 약상자를 말한다. 그 상자 겉에는 사람들을 웃기기 위해 재미로 상상해낸 우스운 그림들이 그려져 있다. 그러나 그 상자 속에는 고급 약재들을 넣어 보관한다. 소크라테스가 바로 그런 사람이라는 것이다.

　겉모습만 봐서는 소크라테스는 추하고 우스꽝스러운 몸을 한 사람이었다. 뾰족한 코에 황소 눈이었으며 얼굴은 미친 사람 같았고 어수룩한 행동에 옷차림도 촌스러웠다. 그뿐인가!

돈하고도 인연이 없었으며 아내 복도 없었다. 국가의 어떤 직무에도 어울리지 않았지만 언제나 웃고 다녔고 누구에게나 맞장구를 치면서 함께 술잔을 기울였다. 하지만 그 속에는 신과 같은 지혜가 숨어 있었다. 인간의 능력을 뛰어넘는 덕성과 지혜, 꺾을 수 없는 용기가 들어 있었다. 확고부동한 평정심과 완벽한 자신감이 들어 있었다. 사람들이 평생 동안 얻으려 애쓰는 것들을 하찮게 여길 줄 아는, 믿을 수 없을 정도의 초연함이 들어 있었다.

여러분은 내가 이 이야기의 서두를 왜 이렇게 시작한다고 생각하는가?

이 책은 겉모습만 본다면 하찮은 농담 정도로 넘기기 쉽다. 단순히 조롱거리나 익살, 거짓말만 들어 있다고 판단하기 쉽다. 옷이 날개라는 말이 있다지만 옷이 사람을 만들지는 못한다. 수도사 옷을 입었다고 다 하느님께 경건하지는 않다는 것을 여러분 모두 알고 있지 않은가? 그러니 이 책도 그렇게 겉모습만으로 판단하지 말기를 바란다. 우스꽝스러운 약상자 속에 들어 있는 귀한 약재들처럼 겉보기와는 전혀 다른 가치를 지니고 있기 때문이다.

여러분은 술병 마개를 따본 적이 있는가? 제길! 술병 모양은 잊고 그 술 맛만 기억하라.

여러분은 뼈다귀를 입에 물고 있는 개를 본 적이 있는가? 개는 이 세상에서 가장 철학적인 동물이다. 개는 뼈 안에 든 골수를 찾기 위해 얼마나 경건하게 그것을 살피는가! 그것을 얼마나 고이 간직하고 정성스럽게 물고 다니는가! 얼마나 신중하게 깨물어 깨뜨리는가! 그리고 얼마나 열심히 빨아먹는가! 내 충고하는데 여러분도 이 책을 개가 뼈다귀를 대하듯이 하라. 주의를 기울여 읽고 자주 생각에 빠져들어라. 개가 그러듯이 뼈를 깨부수고 그 안의 골수를 빨아먹어라. 그렇게 이 책을 읽으면 여러분은 전에 보던 것과는 전혀 다른 특질과 생각을 발견할 것이다. 그리고 그것이 우리 삶의 비밀을 밝혀줄 것이다.

나는 지금도 술을 마시고 있다. 이 장엄한 책을 쓰는 데는 먹고 마시는 시간이 가장 적절하다. 호메로스를 비롯한 많은 시인들이 이미 증명했듯이 먹고 마실 때가 이런 고상한 주제를 다루는 책, 학문적 깊이를 담은 책을 쓰기에 가장 적절한 때다. 멍청이만이 자신의 시에서는 술 냄새보다 기름 냄새(끈

기와 노력)가 더 많이 난다고 말하는 법이다.

한번은 웬 거지발싸개 같은 놈이 내 책을 보고 기름 냄새가 난다고 했다. 뭐야? 기름 냄새? 똥이나 처먹어라. 술 냄새가 기름 냄새보다 훨씬 달콤하고, 즐겁고, 간절한 법 아닌가! 술 냄새는 얼마나 신성하고 매혹적인가! 자신은 술보다 기름을 더 많이 소비한다고 말하는 자들도 있지만 나는 절대 아니다. 내 책을 읽는 독자들이여! 이 책에서는 기름 냄새보다 술 냄새가 더 많이 난다고 말해주면 고맙겠다. 내가 이 책을 쓰면서 기름보다 술을 더 소비했다고 말해주면 고맙겠다.

사랑하는 독자들이여, 즐겨라! 허리가 아프지 않도록 편안한 자세를 취한 채 즐거운 마음으로 내 책을 펼쳐라. 그리고 너희 당나귀 거시기 같은 놈들아. 다리에 종기가 나서 절름발이나 되어버려라! 하지만 가끔은 나를 위해 잊지 말고 건배하라. 내 즉각 축배를 들어 답례할 테니!

제1장 가르강튀아의 계보와 탄생에 대하여

      가르강튀아의 계보에 대해서는 『팡타그뤼엘 대 연대기』라는 책을 참조하기를 권한다. 그 책에는 거인들이 어떻게 이 세상에 생겨났는지 자세히 나와 있고 그들의 직계 후손인 가르강튀아가 이 세상에 태어나기까지의 계보도 상세히 소개되어 있다.

  노아의 방주로부터 지금에 이르기까지 모든 이들의 족보를 정확히 알 수만 있다면! 나는 오늘날 지상에서 영광을 누리는 사람들, 그러니까 황제, 왕, 귀족, 교황 들은 성물(聖物)을 들고 다니던 떠돌이 짐꾼들의 후손이라고 생각한다. 반대로 거지와 병자, 가련한 천민 중 많은 수가 핏줄로는 위대한 왕과 황제의 후손들이다. 이런 이야기를 하는 나? 나는 누구의 후손이냐고? 나는 아주 부유한 왕족의 후손임에 틀림없다. 나처럼 좋은 음식을 먹으며 일 안 하고 근심 걱정 없이 지내는 사람은 없기 때문이다. 나만큼 친구들과 선량한 사람들에게 베풀기 좋아하는 사람은 없기 때문이다. 오로지 남들에게 모든 것을 마음껏 베풀기 위해 왕이나 부자가 되기를 나만큼 간절히 원하는 사람은 없기 때문이다. 지금 당장 그렇게 못 되더라도 실망 안 한다. 저세상에서는 이승에서보다 더 크게, 더 잘될 수 있다는 믿음이 위안을 주기 때문이다. 여러분도 각자 나름대로 불행에 대한 위안책을 찾아라. 아니면 무슨 수를 써서든 시원한 포도주나 맥주를 마시도록 하라.

아무튼 『팡타그뤼엘 대연대기』를 읽어보면 가르강튀아가 그리스신화 속 거인족의 후예라는 사실을 알 수 있을 것이다. 당연히 가르강튀아의 아버지 그랑구지에도 거인이었다.

그랑구지에는 한창 때는 술잔을 단숨에 비우고 짜게 먹는 것을 즐기는 호남아였다. 혈기왕성하던 시절에 그는 나비족의 공주였던 가르가멜과 결혼했다. 그녀는 늘씬했지만 대식가였다. 결혼하자 두 사람이 서로 살덩이를 비벼대는 바람에 그녀는 아들을 임신하여 열한 달 동안 배 속에 담고 있었다.

가르강튀아가 엄마 배 속에 열한 달이나 있었다는 사실을 의심하는 사람도 많다. 하지만 살면서 위대한 일을 이룩한 사람들의 경우에는 그만큼 오랫동안, 아니 그 이상 엄마 배 속에 머물 수 있다. 자연이 자신의 걸작을 어디 그렇게 손쉽게 이 세상에 내놓겠는가? 호메로스는, 포세이돈의 아이를 잉태한 요정이 열두 달 만에 아이를 낳았다고 썼다. 포세이돈이 위대한 신이니 그만큼 아이가 엄마 배 속에서 완벽하게 만들어질 시간이 필요했던 것이다. 또한 제우스는 알키메네와 동침할 때, 밤을 사십팔 시간이나 길게 늘여놓았다. 이 세상 괴물들과 폭군들을 섬멸해버릴 영웅 헤라클레스를 만들기 위해서는 긴 시간이 필요했기 때문이다.

고대의 팡타그뤼엘 연구자들은 내 말을 입증했다. 그들은 남편이 죽은 지 열한 달 만에 아이가 태어나는 것은 가능할 뿐 아니라 합법적이라고까지 했다. 팡타그뤼엘 연구자들은 내 말을 입증할 수 있는 증거를 수없이 들이댔는데 그중에는 의사인 히포크라테스의 『영양론』이 대표적이다. 그 밖에 아리스토텔레스의 『동물의 본성』 제7권 제3장과 제4장도 증거로 인용했으며 베르길리우스의 "어머니가 열 달 후에……"라는 시구를 인용하기도 했다.

결국에는 법률가들까지 그 사실을 인정했다. 『유스티니아누스 법전』 중 "남편 사후 십일 개월 만에 출산한 아내에 관한 조항"을 보라. 이 법률 덕분에 과부가 된 여자는 남편이 사망한 지 두 달 뒤에도 아무 거리낌 없이 즐길 수 있었던 것이다.

가르가멜은 사순절 직전의 사육제 마지막 날 사람들과 어울려 음식을 실컷 먹다가 가르강튀아를 낳았다. 가르가멜이 아이를 낳은 전말을 소개해보자.

2월 셋째 날 오후 가르가멜의 항문이 빠져버렸다. 기름진 소 창자를 너무 많이 먹었던 탓이다. 사람들은 사순절이 끝나고 봄을 맞아 제철이 되어 식사를 할 때 먹을 생각으로 자신들이 키우는 소들 중에서 36만 7,014마리를 잡았다.

여러분도 알다시피 소 창자가 얼마나 맛있는가! 그런데 고약한 일은 소 창자는 너무 쉽게 상해버려 보관을 할 수 없다는 것이다. 상해서 버리다니! 그건 말도 안 되는 일이었다. 결국 깡그리 먹어치우기로 결정 났다. 그래서 그들은 이웃 마을 사람들까지 빠짐없이 초대했다. 사람 좋은 그랑구지에는 모든 사람에게 소 창자를 푸짐히 대접하라고 명령했다. 그렇지만 자기 아내에게는 해산날이 가까운 데다 내장 요리가 그리 바람직한 음식은 아니었기에 가능한 한 적게 먹으라고 말했다. 그는 아주 적절하게 충고했다.

"똥 껍데기를 자꾸만 먹다가 보면 똥이 먹고 싶어지는 법이라오."

하지만 그의 권고는 소용이 없었다. 소의 똥 껍데기 요리가 좀 맛있는가! 그녀는 큰 통으로 열여섯 통, 중간 크기로 두 통, 그리고 여섯 항아리 분량을 먹어 치웠다. 얼마나 멋진 똥들이 그녀 배 속에서 들끓고 있었겠는가!

식사가 끝나자 모두 어울려 버드나무 우거진 들판으로 갔다. 그곳에서 다들 흥겨운 피리 소리와 백파이프 소리에 맞추어 춤을 추었다. 그리고 간식을 먹으며 신나게 술을 마셨다. 그들이 그렇게 재미있게 노는 모습을 바라보고 있자면 천상의 즐거움이 따로 없었다.

모두 술을 마시며 왁자지껄 떠드는 가운데 가르가멜의 아랫배가 아파오기 시작했다. 그러자 그랑구지에가 해산의 통증이라고 생각하고 풀밭에서 일어나 그녀를 격려했다.

"자, 암양처럼 용기를 내요. 그 애를 빨리 낳아버리고 다른 아이를 만듭시다."

"아, 맘대로 해요. 당신네, 남자들이란 정말! 당신 말대로 온 힘을 다 써볼게요. 아, 당신의 그 물건을 잘라버렸다면 좋았을 것을!"

"뭐라고?"

"뭘 모르는 척해요? 잘 알면서."

"아, 이거 말이오? 이럴 수가! 정 원한다면 칼을 가져오라고 하지."

"아, 관둬요. 하느님 저를 용서해주세요! 진심이 아니에요. 제 말을 새겨듣지 말아요. 하지만 모두 당신의 그 물건 때문인데……. 하느님의 도움이 없다면 저는 오늘 정말 힘든 일을 겪게 될 거예요. 그런데도 당신은 느긋하기만 하군요."

"기운을 내요, 기운을 내! 이제 힘든 고비는 넘겼으니 아무 걱정 말고……. 난 몇 잔 더 마시러 가야겠소. 또 통증이 오면

티탄들의 몰락

이탈리아 화가 줄리오 로마노가 1532~1534년경 이탈리아 만토바의 테 궁전 내 '거인들의 방' 북쪽 벽에 그린 프레스코 벽화. 거신족인 티탄들이 올림포스 신들에 의해 제거당하는 장면을 묘사했다. 그리스신화에는 가르강튀아의 조상일 수 있는 여러 거신 또는 거인이 등장한다. 먼저 모두 12명으로 이루어진 티탄들이 하늘의 신 우라노스와 대지의 여신 가이아 사이에서 태어났다. 이 티탄들 중 막내인 크로노스가 반란을 일으켜 아버지 우라노스의 성기를 잘라 흐른 피가 대지(가이아)에 떨어지자 거기서 거인족 기간테스가 여럿 태어났다. 크로노스의 막내아들 제우스를 비롯한 올림포스 신들은 티탄들 및 기간테스와 차례로 싸워 모두 물리쳤다. 그 밖에 100개의 손을 가진 삼형제 거신 헤카톤케이레스, 외눈박이 거인인 키클롭스, 포세이돈과 바다의 님프 암피트리테 사이에서 태어난 거인 알비온 등이 있다.

바로 달려오리다."

그런지 얼마 지나지 않아서였다. 그녀가 괴로운 비명을 지르기 시작했다. 즉시 산파들이 달려왔다. 산파들이 그녀의 밑을 바라보니 고약한 냄새가 나는 살덩어리가 보였다. 산파들은 그것이 아이라고 생각했다. 하지만 그것은 아이가 아니었다. 앞에서 말한 대로 소 내장 요리를 너무 많이 먹은 탓에 직장이 늘어나며 항문이 빠져버린 것이다.

그때 산파 중 가장 경험이 많은 노파가 가르가멜에게 강력한 수축제를 투여했다. 그러자 모든 괄약근이 수축하더니 구멍을 막아버리는 끔찍한 일이 벌어졌다. 수축제 효과로 나올 구멍이 닫힌 채 태반 줄기가 느슨해지자 배 속의 아이는 횡격막을 지나 어깨 위까지 기어 올라갔다. 그리고 왼쪽 귀를 통해 세상에 나왔다.

아이는 세상에 태어나자마자 여느 아이들처럼 "응애, 응애" 하고 우는 대신 "마실 거, 마실 거, 마실 거!"라고 큰 소리로 외쳤고 그 소리가 이웃 마을까지 들렸다.

나는 이 기이한 출생에 대해 여러분이 분명 믿지 않으리라 생각한다. 그렇더라도 개의치 않겠다. 그러나 여러분이 선량

한 사람, 양식 있는 사람이라면 믿으리라고 확신한다. 양식 있
는 사람이라면 누가 말해주거나 글로 쓴 것을 보면 언제나 믿
지 않는가? 더욱이 나는 이것이 하느님의 뜻에 어긋난다고도
생각하지 않는다. 전지전능한 하느님께서 원하시는 일이라면
여자들이 앞으로는 귀를 통해 아이를 낳을 수도 있다고 나는
여러분에게 장담한다. 바쿠스는 제우스의 넓적다리에서 태어
나지 않았는가? 나무에서 태어난 이도 있으며 알에서 태어난
이는 얼마나 많은가?

　그래도 내 이야기를 믿지 못하겠다면 기이한 출생에 관한
플리니우스의 책을 읽어보기 바란다. 그의 『박물지』 제7권 제
3장을 읽어보면 더 이상 시끄러운 잔소리로 내 귀를 괴롭히지
않을 것이다.

제2장 가르강튀아라는 이름과 어린 시절에 대하여

그랑구지에는 사람들과 어울려 먹고 마시며 즐기던 중, 아들이 세상의 빛을 보자마자 "마실 거, 마실 거, 마실 거!"라고 무시무시하게 크게 외치는 소리를 들었다. 그는 "크 그랑 튀 아!(Que grand tu as!: 정말로 크구나!)"라고 말했다. 이 말을 들은 모든 사람들이 아들이 태어날 때 아버지가 처음 한 말을 따라 아이 이름을 가르강튀아(Gargantua)로 지어야 한다고 말했다. 아버지는 동의했고 어머니는 아주 기뻐했다. 아이가 큰 소리로 마실 것을 요구했으므로 실컷 마실 것을 주고 나서 기독교식 세례를 해주었다.

그리고 아이에게 젖을 먹이기 위해 암소 1만 7,913마리가 징발되었다. 아이에게 제대로 젖을 먹일 만한 유모를 찾을 수 없었기 때문이다. 아이는 일 년 열한 달을 그렇게 술과 우유를 마시며 지냈다. 그 후부터는 의사의 충고에 따라 소가 끄는 멋진 수레에 태우고 다니기 시작했다. 아이는 혈색이 좋았고 턱이 거의 스무 겹 가까이 되었기에 보기에도 아주 좋았다. 아이는 큰 소리도 별로 지르지 않았다. 그렇지만 늘 엉덩이에 똥칠을 하고 다녔다. 타고난 체질 탓이기도 했지만 포도주를 너무 많이 마신 탓이기도 했다. 아이가 기분이 좋지 않아 화를 낼 때, 또는 발을 구르며 울고 소리칠 때는 마실 것을 갖다 주면 되었다. 그러면 아이는 금방 얌전해지고 기분이 좋아졌다.

시녀들은 단언했다. 아이는 술 단지 또는 술 항아리 소리만 들어도 천국의 기쁨을 맛본 듯 황홀한 표정을 짓는다고. 그래서 그녀들은 아침이면 칼로 술잔을 두드려 소리를 내거나 술 항아리 마개 따는 소리를 내서 아이를 즐겁게 해주었다. 그 소리를 들으면 아이는 흥에 겨워 머리를 까딱이고 몸을 흔들어댔다.

가르강튀아가 어느 정도 나이가 들자 부왕 그랑구지에는

그의 옷 색깔을 흰색과 푸른색으로 정했다. 재단사들이 가르 강튀아의 셔츠를 만드는 데 고급 천 2,000킬로미터가 들었고 윗저고리를 만드는 데도 비슷한 분량의 흰 공단이 들었다. 또 한 어깨끈을 만드는 데만 1,500마리하고도 9마리 반의 개가죽 이 필요했다.

반바지를 만들기 위해 1,400킬로미터의 흰 모직물이 필요 했고 신발을 만드는 데도 푸른색 벨벳 1,700킬로미터가 들었 다. 대구 꼬리 모양 신발 밑창을 만드는 데는 1,100마리 분의 염소 가죽이 필요했다.

또한 바지 앞주머니를 만드는 데는 18킬로미터의 천이 필 요했다. 바지 앞주머니에는 두 개의 반 아치형 멋진 금 고리를 달았고 그 금 고리를 걸 수 있는 갈고리에는 오렌지만 한 커 다란 에메랄드가 박혀 있었다. 에메랄드는 정력을 돋우는 효 능이 있었기 때문이다.

겉옷을 만드는 데도 짙푸른 색의 벨벳 2,100킬로미터가 사 용되었다. 겉옷 가장자리에는 포도 잎 모양의 수를 놓았고 복 판에는 은실로 항아리들을 수놓았으며 그 항아리들에는 진주 들이 주렁주렁 달린 금 고리가 둘러져 있었다. 이는 그가 당대

최고의 술꾼이 되리라는 사실을 예고하는 것이었다. 또한 혁대와 모자를 만드는 데도 아주 많은 벨벳과 비단이 사용되었으며, 이로써 그의 옷이 모두 완성되었다.

아이의 목에는 줄에 용이 새겨져 있고 커다란 벽옥이 박힌 금목걸이를 걸어주었는데 그것은 옛날 이집트의 마법사이자 왕이었던 네켑소스가 걸었던 것과 같은 목걸이였다. 한편 그의 장갑을 만들기 위해서는 작은 요정 가죽 열여섯 장이 필요했고 장갑 가장자리 장식을 위해 늑대인간 가죽 세 장이 사용되었다. 신비주의자들의 충고에 따라 선택된 재료들이었다.

가르강튀아의 아버지는 아들의 고귀한 신분을 표시하기 위해 반지도 만들어 끼워주었다. 순금에 타조 알만 한 크기의 석류석을 박은 멋진 반지는 왼손 집게손가락에 끼워주었고, 왼손 넷째손가락에는 금, 은, 철, 구리 네 가지 금속으로 된 반지를 끼워주었다. 또한 오른손 넷째손가락에는 홍옥과 다이아몬드와 에메랄드가 박힌 나선형 반지를 끼워주었는데 값을 매길 수가 없을 정도로 화려했다. 한 저명한 보석 세공인은 이 보석들이 금화 6,989만 4,018냥의 가치가 있다고 평가했다.

가르강튀아의 부왕 그랑구지에는 왜 흰색과 푸른색을 가르강튀아의 색으로 정해주었을까? 설명을 좀 하자.

흰색은 기쁨, 위안, 환희를 의미한다. 흰색은 당연히 검은색과 대립된다. 검은색이 슬픔을 의미한다면 흰색이 기쁨을 의미하는 건 너무나 당연하다. 여러분도 잘 알다시피 거의 모든 국가나 민족은 슬픔을 밖으로 드러낼 때 검은 옷을 입고 상복도 검은색으로 만든다. 이런 것을 우리는 자연법이라고 한다. 비뚤어진 심성을 가진 민족들이 흰 옷을 상복으로 입었던 경우가 있지만 그건 예외로 치자.

밤은 음산하고 쓸쓸하며 뭔가 우울함을 느끼게 하지 않는가? 빛이 결핍되어 있기 때문이다. 빛은 모든 것을 즐겁게 만든다. 빛은 다른 어느 것보다 희기 때문이다. 이를 증명할 수 있는 글은 많지만 복음서 말씀 하나만으로 충분할 것이다. 「마태복음」 제17장에 "옷이 빛과 같이 희어졌더라"라는 말씀으로 구세주가 변했다는 것을 알리는 대목이 나온다. 그분의 옷이 빛과 같이 희어진 것은 무엇 때문인가? 이를 통해 세 사도에게 영원한 기쁨이 무엇인지 보여주기 위해서였다. 이가 다 빠진 노파조차 "빛은 좋은 것"이라고 말하는 법이다. 사람들은 누구나 빛을 보면 즐거워지기 마련이다.

흰색이 기쁨과 즐거움을 주는 색이라는 증거는 무수히 많다. 복음서를 열어보면 천상의 기쁨을 노래하는 곳에는 언제나 밝은 흰색이 빛나고 있다. 복음서만이 아니다.

로마에서 적을 이기고 개선하는 자는 흰 말들이 끄는 수레를 타고 입성하도록 되어 있었다. 흰색만큼 승리의 기쁨을 확실히 표현할 방법이 없었기 때문이다.

아테네 장군 페리클레스는 흰 콩을 섞어놓은 콩들로 추첨을 했다. 흰 콩을 뽑은 자들은 놀고 즐기며 휴식을 취할 수 있었다. 당연히 나머지는 전투에 나가야 했다. 아무튼 수많은 예들을 제시할 수 있지만 그럴 계제가 아닌 듯하니 그만하기로 하자. 다만 한 가지만은 이야기를 해야겠다.

철학자인 아프로디시아스의 알렉산드로스가 사람이 도저히 해결할 수 없는 문제의 목록을 만들었다는 것은 여러분도 알 것이다. 그가 해결할 수 없다고 한 문제들 중에는 "울부짖음만으로 모든 짐승을 벌벌 떨게 만드는 사자가 왜 흰 닭만은 두려워하는가?" 하는 문제가 포함되어 있다. 너무 간단하지 않은가? 닭이 흰색이기 때문이다. 흰색은 지상과 우주의 빛이 모두 모여 있는 태양의 색이기 때문이다. 태양의 색인 흰색을 하고 있는 닭은 상징적으로 사자보다 더 강력하기 때문이다. 사자 모습의 악마가 흰 닭 앞에서 갑자기 사라져버리는 이야기가 자주 나오는 것은 그 때문이다. 바로 그런 까닭에 프랑스인의 선조인 골족은 모자에 흰 깃털을 꽂고 다녔다.

이것 참, 잘못하면 너무 깊이 들어가겠다. 흰색에 대한 이야기는 이만 멈추기로 하자. 흰색이 기쁨과 즐거움을 상징하듯이 푸른색은 하늘과 천상의 사물들을 의미한다는 말 한마디만 해둔다.

가르강튀아는 세 살부터 다섯 살까지 아버지 뜻대로 자라났고 필요한 교육을 받았다. 말하자면 그 시기 그 나라의 모든 아이들과 똑같이 지냈다는 말이다. 그는 마시고, 먹고, 자고, 그런 후 자고, 먹고, 마시면서 지냈다.

그는 언제나 진흙탕 속을 뒹굴었으며 코에 검댕 칠을 한 채 얼굴이 지저분했고 신발은 뒤꿈치를 찌그러뜨려 신었다. 그는 신발에 오줌 싸고, 셔츠에 똥 싸고, 국물에 콧물 빠뜨리고, 신발로 술 마셨다. 그는 나막신으로 이빨 갈고, 국물에 손 씻

THE ENGLISH LION DISMEMBER'D

the Voice of the Public for an enquiry into the loss of Minorca - with Ad.ˡ B___ g's plea before his Examiner

골족의 수탉

1756년 영국 해군이 스페인 메노르카 섬 전투에서 프랑스 군에 패배한 후 그려진 작자 미상의 영국 만화. "사지가 잘린 영국 사자"라는 제목이 붙어 있다. 프랑스를 상징하는 수탉이 영국 국기를 쪼고 있는 모습을 앞발이 잘린 영국 사자가 지켜보고 있다. 프랑스에서 수탉은 흔히 '골족의 수탉(le coq gaulois)'으로으로 불리며 축구 국가대표팀 엠블럼 등 여러 분야에서 자국의 상징으로 사랑받고 있다. 프랑스인의 조상인 골족이 수탉을 특별히 숭배한 것은 아니며, 고대 로마 시대에 '골족'을 뜻하는 라틴어 '갈루스(gallus)'가 '수탉'이라는 뜻도 가진 동음이의어인 데서 유래했다고 본다. 이후 프랑스대혁명 때 특히 용맹함의 상징으로 몹시 사랑받았으나 나폴레옹은 약한 동물이라며 몹시 싫어했다고 한다.

제2장 가르강튀아라는 이름과 어린 시절에 대하여

고, 술잔으로 머리 빗고, 젖은 부대 뒤집어쓰고, 국물 마시며 술 마시고, 웃으면서 깨물고, 헌금함에 침 뱉고, 걸지게 방귀 뀌고, 해 보며 오줌 싸고, 비 오면 물속에 들어가 피하고, 가렵지 않은 곳 긁고, 사자 앞에서 개 패고, 파리 다리 떼어 내고, 주먹을 망치 삼고, 날아오르는 새 붙잡고, 횡설수설하고, 힘든 일 자진해서 하고, 빵으로 수프를 만들었다. 개들이 그의 밥그릇에 든 밥을 먹었고 그도 개들과 함께 밥을 먹었다.

그런데 이 꼬마 녀석은 벌써부터 여자를 밝히며 시녀들의 몸 여기저기를 더듬고 바지 앞주머니를 사용하기 시작했다. 시녀들은 매일 그것을 아름다운 꽃다발과 리본, 장식용 술로 치장했다. 한 시녀는 그것을 나의 작은 통 마개라고 불렀고 다른 시녀는 나의 산호 가지, 또 다른 시녀는 나의 꼭지, 마개, 나사송곳, 늘어뜨린 보석, 작은 빨간 소시지라고 불렀다. 시녀들은 그 고장의 다른 아이들이 그러듯이 그 물건에 멋진 바람개비를 만들어주었다.

가르강튀아의 아버지는 아이가 말 타는 기술을 익히도록 나무로 된 멋진 큰 말을 만들어주었다. 가르강튀아는 그 말을 타고 온갖 기마술을 익혔다. 가르강튀아는 직접 사냥용 말과 매일 타고 다니는 말을 만들었다. 사냥용 말은 운반용 수레로 만들었고 매일 타고 다니는 말은 포도 압착기 자루로 만들었다. 또한 커다란 참나무로 방에서 타고 다닐 당나귀도 만들어서 안장을 얹고 모포로 덮어두었다. 그 외에 역마 열두 마리와 마차용 말 일곱 마리를 더 만들었다.

어느 날 '페낭삭(자루 속의 빵)' 영주가 화려하게 차려입은 수행원들을 데리고 그랑구지에의 왕국을 방문했다. 같은 날 '프랑르파(공짜 식사)' 공작과 '무유방(젖은 바람)' 백작도 그랑구지에 왕을 만나러 왔다. 사람들이 한꺼번에 몰려오자 집이 비좁았고 특히 마구간이 모자랐다. 그러자 페낭삭 영주의 집사장과 숙박 담당관은 어디 비어 있는 마구간이 없는지 가르강튀아에게 물어보았다. 아이들이란 본래 집 안 구석구석을 잘 아는 법이라서 그에게 은밀히 물어본 것이다.

가르강튀아는 그들을 성의 중앙 계단으로 데리고 가더니 그리로 올라가자고 했다. 그리고 두 번째 홀을 지나 넓은 회랑으로 안내했다. 가르강튀아는 그 회랑을 지나 큰 탑으로 들어갔다. 숙박 담당관이 집사장에게 말했다.

"지금 이 애가 우리를 놀리고 있는 겁니다. 마구간이 집 꼭대기에 있을 리 없잖아요."

그러자 집사장이 말했다.

"그렇지 않소. 나는 집 꼭대기에 마구간이 있는 걸 본 적 있소. 아마 뒤편에 어디론가 나가는 출구가 있을 거요. 잠깐, 내가 저 애에게 물어보리다."

그는 가르강튀아에게 물었다.

"애, 귀여운 아가야, 어디로 우리를 데려가는 거니?"

"저기 내 말들이 있는 마구간으로요. 이 계단만 올라가면 있어요."

가르강튀아는 또 다른 커다란 홀을 지나 자기 방으로 그들을 데려간 뒤 문을 열었다.

"여기가 바로 마구간이에요. 저기 말들이 많지요. 스페인산 작은 말, 영국산 산책용 말도 있고 가스코뉴산 경주용 말들도 있어요."

그러더니 그들에게 커다란 지렛대를 건네주며 말했다.

"당신들에게 이 프리슬란트 말을 드릴게요. 프랑크푸르트에서 얻은 말이에요. 자, 가지세요. 이 말은 작지만 일을 아주 잘해요. 매 한 마리와 그레이하운드 개 두 마리, 스패니얼 개 여섯 마리만 있으면 여러분은 겨울 내내 메추리와 토끼를 잔뜩 잡을 수 있을 거예요."

그러자 그들이 말했다.

"성 요한이시여! 아이고, 제대로 걸렸네. 이 바쁜 시간에 이런 장난에 걸려들다니!"

그들은 당황해서 바로 거기서 내려왔다. 그러자 가르강튀아가 그들 뒤를 따르며 물었다.

"진짜 희한한 걸 원하세요?"

그러자 그들이 물었다.

"그게 뭔데?"

"똥 덩어리 다섯 개요. 여러분 입마개로 쓰기에 무지무지 좋아요."

그러자 집사장이 말했다.

"아이고, 요런 꼬마에게 이런 조롱을 받다니! 귀여운 아가야! 너는 언젠가는 교황이 되겠구나."

"그럴 생각이에요. 그러면 여러분은 나를 열렬히 지지해주겠지요. 귀엽고 명랑한 교황이 될 거예요. 진짜 위선자가 되는 거지요."

"어휴, 도저히 못 당하겠네."

숙박 담당관이 혀를 내둘렀다.

그러자 가르강튀아가 말했다.

"그런데 우리 엄마 속옷에 바느질 자국이 몇 개 있는지 아세요?"

"열여섯."

숙박 담당관이 아무렇게나 대답했다.

"진실을 말할 줄 알아야 해요. 앞쪽과 뒤쪽이 있으니 그 두 배죠. 무슨 계산을 그렇게 못하세요?"

숙박 담당관은 아이를 골릴 요량으로 엉뚱하게 물었다.

"그런데 그게 언제 이야긴데?"

"똥을 한 통 퍼내려고 당신 코를 마개로 삼았을 때 이야기죠. 목구멍을 다른 단지에 담으려고 깔때기로 삼았을 때요. 그것도 모르세요?"

그러자 집사장이 말했다.

"하느님 맙소사, 진짜 재담꾼을 만났구먼. 수다쟁이 나리, 하느님께서 너를 악에 빠지지 않게 해주시기를! 정말 입을 잘 놀리는구나!"

그들은 황급히 내려오다가 층계 입구에서 가르강튀아가 준 지렛대를 떨어뜨렸다. 그러자 가르강튀아가 말했다.

"저런, 여러분은 정말 형편없는 기수로군요. 정작 필요할 때 말을 잃어버리다니! 여기서 영지까지 가야 한다면 거위를 타고 가는 것과 암퇘지를 줄에 묶어 끌고 가는 것 중에 어느 쪽을 택하시겠어요?"

그러자 숙박 담당관이 대답했다.

"나는 마시는 쪽을 택하겠어."

그런 후 그들은 일행이 모두 모여 있는 홀로 들어갔다. 그들이 이 모든 이야기를 들려주자 다들 정신없이 웃어댔다.

제3장 가르강튀아의 놀라운 지적 능력과 교육에 대하여

파리로 유학 가는 가르강튀아

가르강튀아가 다섯 살이 다 되어갈 무렵, 그랑구지에는 카나리아 군대와 전투를 하게 되었다. 그는 적을 격퇴하고 돌아오는 길에 오랫동안 보지 못한 아들을 보러 갔다. 자신에게 그런 자식이 있다는 것을 새삼 기쁘게 생각하여 그는 아들을 껴안고 입 맞추며 몇 가지 실없는 질문을 던졌고 거기에 아들이 지혜롭게 대답했다. 이제 그 부자의 대화에 귀를 기울여보자.

그랑구지에는 아들과 함께 있던 시녀들에게 아들이 청결하도록 잘 돌보았는지 물었다. 그러자 시녀들이 대답하기 전에 가르강튀아가 먼저 대답했다. 자신은 아주 특별한 방법을 썼기 때문에 이 세상에 자기보다 깨끗한 소년은 없다는 것이었다.

그랑구지에가 물었다.

"어떤 방법인데?"

"저는 오랫동안 세심하게 실험한 결과, 가장 고상하고 귀족적이며 효과적인 밑 닦는 법을 발명했어요."

"그래? 어떤 거지?"

"한번은 어떤 아가씨의 벨벳 코 가리개로 밑을 닦았는데 너무 좋았어요. 너무 부드러워서 항문이 콧노래를 부르는 것 같았어요. 또 한번은 그 아가씨의 모자를 사용했는데 그것도 기분이 좋았어요.

한번은 덤불숲에서 볼일을 보다가 사나운 고양이를 발견해서 그놈으로 뒤를 닦았는데 엉덩이를 온통 할퀴어버렸어요.

다음 날 상처가 나아서 어머니 장갑으로 뒤를 닦았지요. 그러고는 샐비어, 회향풀, 장미, 호박잎, 양배추, 근대, 포도나무잎, 접시꽃, 상추, 시금치, 쐐기풀로 밑을 닦았어요.

그리고 시트, 담요, 커튼, 방석, 양탄자, 행주, 수건, 손수건, 실내복으로 밑을 닦았지요. 전부 가려운 데를 긁어주는 것보다 더 큰 쾌감을 주었어요."

"그래, 그래. 그런데 어떤 밑닦개가 제일 좋더냐?"

"다 돼가요. 곧 다 아시게 될 거예요. 건초, 짚, 대마, 털 뭉치, 양털, 종이로 뒤를 닦았지요. 그러나

종이로 더러운 엉덩이를 닦는 자여

언제나 불알에 유혹을 남기게 되리니."

"오, 내 귀여운 아들. 네가 벌써 운을 맞출 줄 아는 걸 보니 술 단지에 달라붙어 살았던 게로구나!"

"그럼요, 아버지 전하. 전 운을 얼마든지 맞출 줄 알아요. 다 술의 힘이지요."

"그건 그렇고, 어떤 밑닦개가 제일 좋은 거니?"

"더러운 것이 있어야 밑을 닦게 되지요. 똥을 싸지 않으면 더러운 게 없지요. 그러니까 엉덩이 닦기 전에 반드시 똥을 싸야 해요."

"야, 우리 꼬마 똑똑이! 어린아이가 벌써 그런 논리를 펼칠 줄 알다니! 언젠가 너를 소르본 박사로 만들어야겠다. 네 나이에 그런 똑똑한 아이는 없으니까. 자, 어서 그 밑닦개 이야기를 계속해라."

"그다음에 저는 머리덮개, 베개, 실내화, 바구니(이게 제일 나빠

요!), 그리고 모자로 밑을 닦았어요. 여러 가지 모자 중에서 제일 좋은 건 털모자예요. 똥을 정말 깨끗하게 닦아내니까요.

그다음에는 암탉, 수탉, 병아리, 송아지 가죽, 토끼, 비둘기, 가마우지, 변호사 가방, 수도사 두건으로 밑을 닦았어요.

하지만 결론적으로 솜털이 많이 난 거위만 한 밑닦개는 없다고 단언합니다. 제 명예를 걸고 말씀드리는 거니 제 말을 믿으세요. 솜털의 부드러움과 거위의 적당한 체온이 엉덩이 구멍을 정말 기분 좋게 하거든요. 그리고 그 쾌감은 직장을 통해 다른 내장으로 전해진 후 심장과 뇌에까지 이르게 되지요. 신들이 먹는 음식과 마시는 술에서만 천상의 행복을 느낄 수 있는 게 아니에요. 제 의견으로는 진정한 천상의 행복은 거위로 밑을 닦는 데 있고 이건 많은 신학자들의 의견이기도 하지요."

이 말을 듣고 가르강튀아의 뛰어난 재능과 머리를 발견한 그랑구지에는 감탄했다. 그는 기쁜 목소리로 시녀들에게 말했다.

"마케도니아의 왕 필리포스가 아들인 알렉산드로스의 놀라운 판단력을 발견한 것처럼 기쁘구나. 말이 하도 사나워 아무도 올라탈 수 없었지. 사람이 올라탈 때마다 껑충껑충 사납게

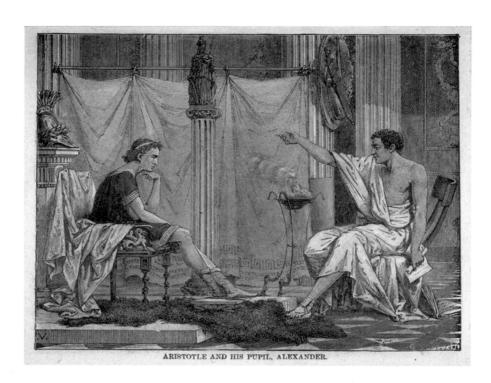

ARISTOTLE AND HIS PUPIL, ALEXANDER.

「알렉산드로스를 가르치는 아리스토텔레스 Éducation d'Alexandre par Aristote」

프랑스 판화가 샤를 라플랑트의 1866년 작품. 필리포스 왕은 알렉산드로스가 13세 때 스승을 찾기 시작해 여러 학자를 살펴보다가 아리스토텔레스를 선택해 16세 때까지 교육을 맡겼다. 그 대가로 필리포스는 자신이 파괴한 아리스토텔레스의 고향을 재건해주었다. 오늘날 그리스 북동부에 있는 마을 미에자의 님프 신전을 학교로 삼아 알렉산드로스는 프톨레마이오스(천문학자·수학자), 헤파이스티온(장군), 카산드로스(알렉산드로스 사후 왕들 중 하나) 등과 함께 공부했다. 아리스토텔레스는 알렉산드로스를 비롯한 제자들에게 문학, 의학, 철학, 도덕, 종교, 논리학, 예술 등 여러 학문을 가르쳤다. 알렉산드로스는 호메로스의 『일리아스』를 특히 좋아해 전장에까지 복사본을 지니고 다녔다고 한다.

가르강튀아

뛰는 바람에 전부 목이 부러지거나 다리가 부러지고 두개골과 턱이 부서져버리고 말았지. 이 모습을 보고 있던 알렉산드로스는 말이 사납게 날뛰는 건 자기 그림자를 보고 무서워서 그런다는 걸 알아차렸어. 알렉산드로스는 말에 올라타 그림자가 뒤쪽에 생기도록 해를 향해 달렸지. 그렇게 해서 말을 유순하게 길들이고 마음대로 부릴 수 있게 된 거야. 이것을 보고 그의 아버지는 아들이 신과 같은 지혜를 지닌 것을 알게 되었던 거지. 그래서 당시 그리스에서 가장 존경받던 아리스토텔레스에게 아들을 맡겨 훌륭한 교육을 받게 했던 거야.

방금 너희도 보았지? 저 아이의 말을 듣고 나는 쟤 지혜가 신에 버금간다는 걸 알게 되었다. 만일 훌륭한 교육만 받는다면 최고의 지혜를 갖출 거야. 이제 아들의 능력에 걸맞은 최고의 현자를 구해 교육을 시켜야겠어."

그러자 사람들은 그랑구지에에게 튀발 홀로페른이라는 위대한 신학 박사를 소개했고 그가 아이를 가르쳤다. 그는 아이에게 알파벳을 아주 잘 가르쳐서 거꾸로도 외울 수 있게 해주었다. 그걸 배우는데 오 년 석 달이 걸렸다. 그러고 나서 라틴어 문법, 예절 교본, 『성경』 주석을 배우는 데 십삼 년 여섯 달

두 주일이 걸렸다.

그리고 아이에게 고딕식으로 글 쓰는 법을 가르친다며 모든 책을 베껴 쓰게 했다. 그와 함께 『의미의 방식』이라는 스콜라 철학 교재를 읽고 배우는 데 십팔 년 열한 달이 걸렸다. 가르강튀아는 그 책을 완전히 익혀서 시험 때 거꾸로 외워서 답했으며, 어머니에게 『의미의 방식』이라는 학문은 없다는 것을 손가락 끝으로 잘 전달해주었다.

그런 후 『역서』라는 책을 읽는 데 십육 년 두 달이 걸렸는데, 그 책이 어떤 책인지는 묻지 않았으면 좋겠다. 중요한 것은 그 훌륭한 사부가 매독에 걸려 1420년에 죽어버렸다는 사실이다. 그랑구지에는 조블렝 브리데(굴레를 쓴 바보) 선생이라는 늙은 기침쟁이를 가르강튀아의 새로운 사부로 맞아들였는데 그는 그리스어 문법책, 예절에 관한 책, 덕목에 관한 책, 설교집 등을 그에게 읽혔다. 그 책들을 읽고 나자 가르강튀아는 그 어느 누구보다 현명해졌다. 아니, 현명해진 것처럼 보였다.

그런데 그렇게 열심히 오랜 세월을 바쳐서 공부했는데도 아이가 전혀 발전이 없다는 사실을 아버지가 알아차리게 되었다. 심지어 그나마 있던 분별력마저 없어지고 멍청해졌으며 멍하니 공상에 빠져 허튼 소리만 지껄이는 것도 알게 되었다.

그랑구지에는 이 일을 어쩌면 좋으냐고 파프리고스의 부왕(副王) 필립 데 마레에게 하소연했다. 필립 데 마레의 충고를 듣고 그랑구지에는 이제까지 허송세월했음을 알았다. 부왕 데 마레는 그런 선생들 밑에서 배우느니 차라리 아무것도 배우지 않는 게 낫다고 그랑구지에에게 말했다. 그들의 지식이란 건 어리석기 짝이 없고 하찮아서 고상한 정신을 오히려 퇴화시키고 꽃다운 청춘을 시들게 할 뿐이라는 것이었다. 이어서 필립 데 마레가 그랑구지에에게 말했다.

"제 말이 사실인지 알아보려면 제대로 공부한 요즘 젊은이 하나를 불러서 시험해보십시오. 그는 겨우 2년 정도 공부했을 뿐이랍니다. 만일 그가 전하의 자제에 비해 판단력이 뛰어나지 못하고 언변도 시원찮고 대화도 잘 이끌어 가지 못한다면, 또한 품행과 예절도 별 볼 일 없다면 앞으로 저를 상놈으로 대하셔도 좋습니다."

그랑구지에는 그의 말에 솔깃해서 젊은이를 불러오라고 지시했다.

저녁 식사 시간에 데 마레는 자신이 말한 아이를 불러왔다. 그 아이는 데 마레의 시동 중 한 명으로서 이름은 외데몽(행복한 사람)이었다. 불려서 온 아이는 머리도 단정했고 옷차림도 깔끔했다. 게다가 몸가짐도 얼마나 올바른지 사람이라기보다는 아기 천사에 더 가까웠다. 데 마레는 그랑구지에에게 이렇게 말했다.

"전하, 이 아이를 좀 보십시오. 이 아이는 열두 살도 채 안 되었습니다. 하지만 전하 곁에서 케케묵은 말만 지껄이는 자들과 오늘날의 훌륭한 젊은이들 사이에 어떤 차이가 있는지 충분히 알려드릴 것입니다."

그랑구지에는 시동에게 어디 발표를 한번 해보라고 했다. 그러자 외데몽은 모자를 손에 쥔 채, 붉은 입술에 환한 얼굴을 들어 자신에 찬 눈빛으로 가르강튀아를 바라보며 그를 찬양하기 시작했다. 당당한 모습이면서도 젊은이다운 겸손함이 저절로 스며났다.

외데몽은 제일 먼저 가르강튀아의 덕성과 좋은 행실을 찬양했고 이어서 그의 지식을 칭송했다. 그리고 그가 얼마나 고귀한지 찬양했고 그의 육체가 더없이 아름답다고 찬양했다.

그 아이는 그것으로 그치지 않았다. 아들에게 좋은 교육을 시키려 애쓰시는 아버지께 전적으로 복종하고 존경할 것을 권고한 다음, 마지막으로 자신을 가르강튀아의 말단 하인으로라도 써주기를 간청했다. 이어서 지금으로서는 가르강튀아에게 성심껏 봉사할 수 있는 은총을 하늘이 베풀어주시기를 바랄 뿐 다른 소원은 없다고 말을 맺었다. 어쩌나 적절한 몸동작과 정확한 발음을 사용해서 당당한 목소리로 세련되게 말하는지 요즘 젊은이라기보다는 로마의 당당한 웅변가가 다시 태어난 것 같았다.

그에 비해 가르강튀아의 태도는 어땠을까? 한마디로 가관이었다. 그는 모자로 얼굴을 가린 채 징징거리기만 했다. 죽은 당나귀 방귀처럼 그에게서는 한마디 말도 끌어낼 수가 없었다.

그랑구지에 왕은 기가 막혔다. 그놈의 공부라는 것을 시키기 전에는 얼마나 자신에 차 있던 아들이었던가! 얼마나 조리 있게 자신의 의견을 말하던 아들이었던가! 어른들도 나가떨어지게 만들던 재담꾼 아니었던가!

그는 너무 화가 나서 가르강튀아의 선생 조블랭을 죽이려 했다. 하지만 데 마레가 좋은 말로 그의 화를 누그러뜨렸다.

그러고는 지금까지 급료를 지불하고 술을 많이 마시게 한 후 악마들에게 보내버리라고 충고했다.

"그 선생이란 작자가 혹시 술에 취해 죽더라도 별로 손해나는 일은 아니지요."

데 마레가 현명하게 말했다.

조블랭 선생에게 술을 왕창 먹여 보내버리고 나서 그랑구지에는 가르강튀아에게 어떤 선생을 붙여줘야 좋을지 부왕 데 마레와 상의했다. 데 마레는 외데몽의 사부인 포노크라트 (열심히 노력하는 사람)를 추천했다. 그리고 이 시대의 젊은이들이 어떤 공부를 하고 있는지 직접 체험하기 위해 가르강튀아와 포노크라트, 그리고 외데몽 셋을 모두 파리에 보내기로 했다.

바로 그때 누미디아의 네 번째 왕인 파욜이 거대하고 기괴한 암말을 아프리카에서 선물로 보내왔다. 그랑구지에가 일찍이 본 적 없는 훌륭한 말이었다. 그 말은 코끼리 여섯 마리만한 크기였으며 늘어진 귀에 엉덩이에는 작은 뿔 하나가 나 있고 얼룩점이 박힌 갈색 털을 가지고 있었다. 게다가 그 말에는 무시무시한 꼬리가 달려 있었는데 커다란 다리의 기둥만 한

굵기였으며 털이 무성하게 얽혀 있었다. 그 말은 대형 범선 세 척과 소형 전투함 한 척을 이용하여 바다로 운반되었다.

그 말을 본 그랑구지에가 말했다.

"그래, 내 아들이 파리까지 타고 가기에 아주 적당한 말이로구나. 하느님 덕분에 만사형통이리라."

다음 날 술을 한 잔 마신 후 가르강튀아는 부하들을 거느리고 사부인 포노크라트와 시동 외데몽과 함께 길을 떠났다. 파리에 도착한 그들은 그곳에서 식사와 술을 즐기며 이삼일 정도 쉬었다. 좀 쉬면서 당시 파리에는 어떤 학자들이 있으며 파리 사람들은 무슨 포도주를 마시는지 알아볼 작정이었다.

제4장 우리의 가르강튀아는 파리에서 제일 먼저 무슨 일을 했는가?

며칠 동안 휴식을 취한 후 가르강튀아는 파리 도심으로 갔다. 그가 나타나자 모든 사람들이 놀라서 그를 바라보았다. 파리 시민들은 천성적으로 매우 어리석은 데다 쓸데없는 구경거리를 좋아한다. 그들은 복음을 전하는 설교자는 거들떠보지도 않는다. 대신 요술쟁이나 악기 연주자들 앞은 언제나 북적거린다.

사람들이 너무 귀찮게 따라다니는 바람에 가르강튀아는 노트르담 사원 탑 위에 올라가 쉴 수밖에 없었다. 그는 탑 위에 앉아 주변에 모인 사람들을 굽어보며 낭랑한 목소리로 말했다.

"이 잡것들이 내가 반가워해주고 선물을 주길 바라는 모양이로구나! 당연히 줘야지. 내 포도주를 선물하마. 웃음으로(파르 리: par ris) 젖게 해주마."

그는 얼굴에 웃음을 띤 채 멋진 바지 앞섶을 열고 안쪽 주머니에 들어 있던 자랑스러운 물건을 꺼냈다. 그러고는 그것을 공중에 쳐들고 신나게 오줌을 싸댔다. 그의 오줌 홍수에 여인들과 아이들을 제외하고 모두 26만 418명이 익사했다.

그들 중 몇몇은 재빨리 오줌 홍수에서 탈출하여 소르본 대학이 자리 잡고 있는 높은 곳으로 올라갔다. 그들은 기침을 하고, 침을 뱉고, 헐떡거리며, 욕설을 퍼부어댔다. 심지어 성이 나서 신을 모독하는 자도 있었다.

한 사람이 말했다.

"하느님 맙소사, 우리는 웃음으로(파르 리) 흠뻑 젖어버렸어."

그 후부터 이 도시가 파리(Paris)라고 불리게 된 것인데 믿거나 말거나다.

가르강튀아는 오줌을 싸고 난 후 탑에 달린 커다란 종들을 보고는 울려보았다. 그 종들이 자기 암말 목의 방울로 제격인 것 같았다. 자기 암말에 브리 치즈와 청어를 잔뜩 실어 아버지에게 보낼 작정이었는데 그때 그 종들을 방울로 달고 가면 근사할 거라고 생각했던 것이다. 가르강튀아는 노트르담의 종들을 자기 숙소로 가져갔다.

여러분도 알다시피 파리 시민들은 대단히 흥분을 잘하는 사람들이다. 노트르담 사원 탑의 종들을 가르강튀아가 가져가자 도시 전체가 폭동에 휩싸일 정도가 되었다. 동요한 파리 시민들은 소르본 광장에 모였다. 그곳에서 시민들은 가르강튀아가 종을 가져간 사실에 대해 문제를 제기하고는 그가 종을 가져감으로써 벌어질 재앙에 대해 논쟁을 벌였다. 수많은 찬반 의견이 오간 끝에 종을 그렇게 가져가면 일어날 끔찍한 재난에 대해 가르강튀아에게 차분히 설명하기로 결론을 보았다. 그리하여 가장 나이 많고 유능한 인물을 대표로 보내기로 했다. 이 임무에는 소피스트(궤변가)보다는 설교자가 더 적합하다는 몇몇 인사들의 지적이 있었음에도 불구하고 소피스트인 기침쟁이 자노튀스 드 부라그마르도 선생이 적임자로 선출되었다.

대머리 자노튀스 선생은 화덕에 구운 빵과 포도주로 위를 보호하고 난 후 옛날식 박사복을 입고 나섰다. 코가 빨간 교회 지기 셋을 앞세우고 뒤로는 대여섯 명의 멍청한 수도사들을 이끈 채 그는 가르강튀아의 숙소로 갔다.

입구에서 이들을 본 포노크라트에게는 이들이 변장을 한 정신 나간 배우들처럼 보였다. 그는 수도사들 중 한 명에게 이 가장행렬이 무엇을 얻으려고 여기까지 온 거냐고 물었다. 종을 돌려받으러 왔다고 그가 대답했다.

이 말을 듣자 포노크라트는 가르강튀아에게 달려가 소식을 전했다. 가르강튀아는 상황을 듣고 집사장 필로토미, 시종 짐나스트와 외데몽을 불러 어떻게 하면 좋을지 상의했다. 의견은 금방 모아졌다.

'물론 종은 돌려준다. 하지만 저 소피스트가 자기 요구로 종을 돌려받았다고 쓸데없이 자랑하고 다니게 둘 수는 없다. 그를 음식 저장실로 안내해서 촌놈처럼 실컷 마시게 한다. 그 사이에 우리는 시장과 대학 학장, 교회 보좌 신부를 불러온다. 그리고 소피스트가 자기 임무를 말하기도 전에 종을 돌려준다. 소피스트의 장광설은 그 일이 다 끝난 다음에 한번 들어보기로 하자.'

계획대로 일이 진행되어 앞서 말한 사람들이 모두 도착하자 가르강튀아는 종을 돌려주었다. 그리고 자노튀스를 사람들이 모여 있는 커다란 홀로 불렀다. 여러 사람이 모인 가운데 소피스트가 입을 열었다. 이미 돌려받은 종을 되찾기 위한 명연설! 명 횡설수설! 여러분이 그의 연설을 제대로 알아듣고 설득이 된다면 여러분은 대단한 천재거나 대단한 바보다!

"에헴, 흠, 흠, 아, 안녕하세요, 나리. 우리에게 종을 돌려주셔야 합니다. 왜냐하면 그 종들은 우리에게 무척 필요하니까요. 음, 음, 에취! 좋은 예를 들어드리지요. 전에 우리는 롱드르 사람들과 보르도 사람들이 달라고 한 큰돈을 거절한 적이 있었지요. 그들은 우리 포도나무들에 내재해 있는 기본적 속성 때문에, 그러니까, 음, 음, 달무리와 돌풍의 피해를 입지 않게 해주는 그 형질 때문에 그것을 요구했던 것입니다. 좀 어려웠지요? 우리가 포도주를 잃는다는 건 우리의 이성과 법 모두를 잃는다는 것을 의미하기 때문이지요.

이해가 되셨나요? 좀 쉽게 말씀드리지요. 만일 제 말씀대로 종을 우리에게 돌려주시면 저는 1미터에 달하는 소시지를 얻게 될 것이고 좋은 반바지 하나를 얻게 될 것입니다. 오, 정말이지, 나리, 반바지는 참 좋은 겁니다. '지혜로운 자는 결코 반바지를 물리치지 않는다!' 정말 명언이지요. 아, 아! 원하는 사람 누구나 반바지를 가질 수 있는 건 아니라는 사실을 저는 잘 알고 있지요. 생각해보세요, 나리. 저는 십팔 일 전부터 이 멋진 연설을 준비하느라 머리를 짜냈답니다.

나리, 만일 나리께서 저와 식사하시길 원하신다면, 정말 거짓 없이 말씀드리는 건데요, 수도원의 '자비의 방'으로 모실 수 있답니다. 돼지도 한 마리 잡을 것이고 아주 질 좋은 포도주를 대령할 수도 있습니다. 좋은 포도주를 마시면서 나쁜 라틴어를 할 수는 없지요.

그런데 제발 하느님의 이름으로 우리 종을 돌려주세요. 종들을 돌려주신다면 우리 대학에서 나온 설교집을 한 권 드릴 수도 있어요. 그래요, 면죄부를 원하신다면 그것도 드리지요. 젠장, 돈 안 내도 가질 수 있는 건데요.

나리, 우리에게 종들을 넘겨주세요. 그건 이 도시의 재산입니다. 모든 시민의 재산이지요. 나리의 암말이 그 종들을 좋아한다고요? 우리 대학도 마찬가지예요. 어디서 읽었는지 기억은 잘 안 나지만, 음, 음, 그게 「시편」인가? 암튼 대학을 이성이 결여된 짐 나르는 짐승에 비유하면서 그것과 닮았다고 했지요? 그러니까 대학은 아킬레우스처럼 무적이지요. 흠, 흠, 에취!

자, 이제부터 왜 제게 종을 돌려주셔야 하는지 명확하게 논증을 해보여 드리지요. 자, 잘 들어보세요.

'종탑 안에서 종소리를 내는 종은 그 어느 것이건 종을 종답게 치는 사람들에게 종소리에 의해 자기 종소리를 내게 만듭니다. 파리에는 종이 있습니다. 따라서, 그러니까 그 모든 것이 자명한 것입니다.'

하, 하, 하. 멋지지 않습니까! 이게 바로 『논리학』 제1부 제3장에 있는 논증 방법입니다. 명예를 걸고 말씀드리는데 제가 기가 막히게 논증을 잘하던 시절이 있었지요.

아, 나리, 성자와 성부와 성령의 이름으로 간청합니다. 아멘, 우리에게 종들을 돌려주세요. 하느님께서 여러분을 악에서 지켜주시기를! 그리고 언제나 살아 계시며 우리를 지배하시는 성모님께서 건강을 지켜주시기를, 아멘. 음, 에취!

그러나 진실로 말하건대, 진정 하느님을 두고 맹세컨대, 종이 없는 도시는 지팡이 없는 장님이요, 끈 없는 당나귀, 방울 안 단 암소와 같기 때문입니다. 우리에게 종을 돌려주실 때까지 지팡이를 잃어버린 장님처럼 울부짖으며 나리의 뒤를 따라다닐 것이며 끈 잃은 당나귀처럼 힝힝거릴 것이고, 방울 안 단 암소처럼 음매, 음매 울며 계속 쫓아다닐 것입니다. 아아, 정말 멋진 비유 아닌가요!

자선병원 근처에 살던 어떤 라틴어 학자가 옛 시인의 이름을 들먹이며 깃털로 종을 만들고 여우 꼬리로 종의 추를 만들면 좋겠다고 말한 적이 있지요. 그가 시를 지으려고 할 때 마다 종소리가 들려 그의 뇌 내부에 통증을 불러왔기 때문이지요. 그러나 그는 이단으로 몰렸지요. 우리는 밀랍 인형을 만들 듯 쉽게 이단을 만들어낸답니다. 이제 저는 더 이상 할 말이 없습니다. 안녕히, 박수를 쳐주십시오. 자노튀스가 이 힘든 일을 해냈노라!"

소피스트의 말이 끝나자마자 포노크라트와 외데몽은 웃음을 터뜨렸다. 하도 심하게 웃는 바람에 숨이 넘어갈 뻔했다. 그들이 웃자 자노튀스 선생도 함께 웃기 시작했고, 누가 더 잘

「사탄이 면죄부를 팔고 있다 Satan distributing indulgences」

1490년경 체코의 필사본에 실린 삽화. 로마가톨릭 신학에서는 이 세상에서 지은 죄에 대한 벌이나 대가
를 치르지 않으면 죽은 뒤 거기에 대한 처벌을 받는다고 보았다. 그래서 기도나 성지순례 등으로 속죄를
했다. 그런데 중세시대 들어 가톨릭교회는 돈이나 재물을 받고 그 사람이 지은 죄를 면제해준다는 의미로
면죄부를 발행해주었다. 이런 면죄부 판매 행위뿐 아니라 성직 매매, 성직자의 방탕하고 문란한 생활 등
이 더해져 로마가톨릭의 부정부패는 극에 달했다. 1517년 마르틴 루터는 이런 현실을 비판하는 '95개조
반박문'을 발표했고, 이로써 종교개혁의 신호탄이 올랐다.

가르강튀아

웃나 시합이 벌어져 눈물이 솟아날 지경이었다.

겨우 웃음이 진정되자 가르강튀아는 일행과 일을 어떻게 처리할 것인지 상의했다. 포노크라트는 이 훌륭한 웅변가에게 우선 술을 실컷 먹이자고 했다. 또한 그가 천하제일의 광대보다 자신들을 더 웃게 만들었으니 그의 연설 도중에 나온 소시지와 반바지 한 벌, 굵은 장작 300개와 포도주 다섯 통, 거위 깃털로 만든 침대와 속이 넓고 깊은 그릇 하나를 주자는 의견을 내놓았다.

반바지를 빼고는 모든 것이 그의 말대로 실행되었다. 반바지가 제외된 것은 과연 그에게 어울리는 반바지가 어떤 것인지 가르강튀아가 확신할 수 없었기 때문이었다. 그래서 대신 검은 천과 안감용 흰 모직을 그에게 주도록 했다. 장작은 짐꾼들이 운반했고 수사들은 소시지와 그릇을 가져갔으며 자노튀스 선생은 천을 직접 가지고 가려 했다.

수사들 중 한 명인 주스 방두유 선생은 그가 직접 천을 가져가는 것은 지위에 어울리지 않는다며 자기들 중 한 명에게 맡길 것을 요구했다. 그러자 자노튀스가 말했다.

"아, 멍청이! 이런 바보 같은 놈! 너는 합당한 형식에 의해 결론을 내릴 줄 모르는구나. 가정과 논리의 원칙은 배워서 어디 써먹으려고! 자, 이 천은 누구와 관련된 것이지?"

방두유가 대답했다.

"막연하지요. 옷감의 천은 특정한 사람과 관련되는 게 아니지요."

"야 이 멍청아! 나는 옷감이 맺고 있는 관계를 묻는 게 아니라 그 용도를 묻는 거야. 이건, 멍청아, 내 넓적다리를 위해 있는 거야. 따라서 내가 가져가야 하는 거야."

그는 멋진 논리로 방두유 선생을 잠재운 뒤 슬그머니 천을 가져가버렸다.

그런데 이 사건의 백미는 뒤에 벌어졌다. 자노튀스 선생이 삼위일체 수도사들의 회의 도중 나타나, 종들을 돌려받은 대가로 자기 몫의 반바지와 소시지를 요구한 것이다. 정통한 소식통에 따르면 자노튀스가 가르강튀아로부터 이미 선물을 받았다는 이유로 그 요구는 보기 좋게 거절당했다. 그러자 그는 그것은 대가 없이 받은 것이므로 미리 한 약속을 지켜야 한다고 주장했다. 하지만 수도사들은 이성적으로 판단하라고, 그 어느 것도 줄 수 없다고 대답했다. 그러자 자노튀스가 열을 내며 말했다.

"이성이라고? 여기서 이성을 사용하는 자가 있는가? 고약한 배신자들 같으니라고. 너희는 쓰레기들이야. 이 세상에 너희보다 사악한 놈들은 없다는 걸 나는 잘 알고 있지. 절름발이 앞에서 다리 저는 척하면 안 되는 법이야! 너희는 그런 위선자들이야! 나는 너희의 악행을 샅샅이 국왕에게 고발할 거야. 배신자들! 이단자들! 사악한 유혹자들! 하느님과 미덕의 적들!"

이 말을 듣고 그들은 자노튀스에 대한 고발장을 작성했다. 신성모독과 인격모독이 고발 죄목이었다. 자노튀스 역시 그들을 맞고소했다. 결국 법원이 소송을 받아들였고 아직도 진행 중이다. 삼위일체 수도사들은 이 소송이 진행되는 동안 목욕을 하지 않겠다고 맹세했고 자노튀스 선생과 그 추종자들은 최종 판결이 날 때까지 코를 풀지 않겠다고 맹세했다.

이 맹세에 따라 그들은 오늘날까지 몸에는 때가 덕지덕지 긴 채로, 그리고 콧물을 훌쩍이며 지내고 있다. 워낙 심각한 사건이라서 법원이 모든 서류를 아직 검토하지 못했기 때문이다. 판결은 고대 그리스 책력으로 다음 번 초하룻날 내려질 것이라고 법원은 결정했다. 그런데 그리스 책력에는 초하룻날이 없으므로 판결은 영원히 내려지지 않을 것이다. 여러분도 잘 알다시피 재판관들이란 자신의 직무 규정을 넘어 하느님 역할까지 한다. 하느님은 무한하고 불멸하는 존재시다. 재판관들은 소송을 진행하지 않고 멈춰버려 그것을 끝이 없게 만든다. 즉 영원불멸의 것으로 만드는 것이다. 소송인들처럼 불쌍한 사람은 없다는 델포이 신전의 격언은 정말 옳은 말이다. 불쌍한 소송인들은 자신들이 되찾으려던 권리를 얻기 전에 인생의 종말을 맞이한다.

제5장 가르강튀아, 공부를 시작하다

　　　　　　종으로 인한 소동이 끝나자 가르강튀아는 파리에 온 본래의 목적을 실행하기로 마음먹었다. 포노크라트의 지도 아래 성실하게 학업에 전념하기로 한 것이다. 포노크라트는 우선 옛 사부들이 어떤 방식으로 가르강튀아를 그토록 멍청하고 무식하게 만들었는지 알아보기 위해 그에게 그전 방식대로 공부하도록 시켰다. 이전 방식에 따른 가르강튀아의 하루 일과는 다음과 같았다.

　먼저 여덟 시에서 아홉 시 사이에 일어났다. 옛 사부들이 "날이 밝기 전에 일어나는 건 쓸데없는 일이다"라는 다윗의 말을 인용하며 그렇게 시켰던 것이다.

침대 위에서 기지개를 켠 후 매트에 뒹굴며 잠시 시간을 보냈다. 그런 후 일어나 옷을 입고 손가락을 이용해서 머리를 빗었다. 사부들이 그게 가장 효율적이고 시간을 절약하는 방식이라고 말해주었기 때문이다.

그러고는 똥 누고, 오줌 싸고, 목청 가다듬고, 트림하고, 방귀 뀌고, 하품하고, 가래 뱉고, 기침하고, 재채기하고, 코를 풀고 난 후, 엄청난 양의 튀긴 내장과 구운 고기, 햄, 새끼 염소, 빵이 담긴 수프로 아침 식사를 했다.

포노크라트는 자리에서 일어난 뒤 아무 운동도 하지 않고 그렇게 많이 먹어대는 건 좋지 않다고 지적했다. 가르강튀아는 즉석에서 항변했다.

"뭐라고요! 제가 운동을 충분히 하지 않았다고요? 일어나기 전 침대에서 예닐곱 번이나 뒹굴었는데요. 우리 사부들은 아침 식사가 기억력을 향상시킨다고 그렇게 많이 먹게 했어요. 그들이 먼저 아침에 마셔댔는걸요. 튀발 선생 있잖아요? 파리에서 일등으로 대학을 졸업한 사람 말이에요. 빨리 달리는 것보다는 적당한 때 출발하는 게 좋다고 제게 말했답니다. 아침에는 느긋해야 한다고요. 우리 인간들이 완벽한 건강을 유지하려면 오리처럼 쪼금씩 자주 마시는 대신 아침에 일찍 잘 마셔두어야 해요. 그래서 이런 속담도 생겼지요.

아침에 일어나는 것이 행복이 아니라

아침에 마시는 것이 으뜸이라네."

아침 식사를 충분히 하고 난 다음에는 성당에 가서 스무 번도 넘는 미사를 들었다. 그리고 적어도 입으로는 열심히 기도를 했다. 미사가 끝나면 사람들이 그에게 묵주 더미를 가져왔고 그는 교회 경내나 정원을 산책하며 은자들보다 더 열심히 주기도문을 외웠다.

그런 후 눈은 책을 향하고 있지만 생각은 부엌에 가 있는 상태로 30분 정도 공부를 했다. 그것이 오전 일과의 끝이었다.

오줌통에 한가득 오줌을 누고 나면 식탁에 앉아 열두 개 가량의 햄과 훈제한 소 혀, 알젓, 뱀장어 등 포도주를 당기게 만드는 음식들로 점심 식사를 했다. 그동안에 하인들은 차례차례 그의 입안에 한 삽 가득 겨자를 퍼 넣었다. 그러고는 콩팥을 진정시키기 위해 어마어마한 양의 백포도주를 단숨에 들이켰다. 그런 뒤에도 계절에 따라 입맛에 맞는 고기를 다량 섭

취했고 더 이상 배에 들어갈 자리가 없을 지경이 되어서야 식사를 멈추었다.

다음에는 아무런 제약 없이 마구 마셔댈 순서였다. 그는 술꾼의 실내화가 눈앞까지 부풀어 올랐을 때가 마시기를 그만둘 때라고 말했다. 그러고는 나른해진 채 감사 기도 한 줄을 웅얼거린 후, 신선한 포도주로 손을 씻고 돼지 다리로 이를 쑤신 후, 일행과 즐겁게 한담을 늘어놓았다. 그런 후 놀이판을 펼쳐놓고 카드와 주사위 놀이 등 온갖 종류의 놀이 도구들을 잔뜩 늘어놓았다. 그가 소피스트들의 지도 아래 즐긴 놀이 가짓수는 무려 217가지나 되었다.

잘 놀면서 시간을 체로 걸러 보낸 다음, 약간의 술을 더 마셨다. 술자리가 끝나면 안락의자에 드러누워 세상 편하게 두세 시간 잠을 잤다.

잠에서 깨어나면 시종들이 시원한 포도주를 대령하는 동안 술 마실 준비 운동으로 귀를 약간 흔들었다. 과연 그 준비 운동을 하고 나면 술을 전보다 더 잘 마실 수 있었다.

포노크라트는 잠을 자고 난 후 곧바로 그렇게 마셔대는 건 나쁜 습관이라고 가르강튀아에게 주의를 주었다. 가르강튀아는 소피스트 말투로 대답했다.

"사제들은 진짜 이렇게 생활해요. 저는 본래 짜게 먹고 잠을 잔답니다. 제게 잠은 햄 같아요. 갈증을 불러오거든요."

술을 마신 뒤에는 주기도문을 앞에 놓고 공부를 조금 했다. 하지만 건성이었고 마음은 들판에 쳐놓은 그물에 토끼가 걸렸는지 아닌지에 온통 쏠려 있었다.

집으로 돌아오면 제일 먼저 부엌으로 갔다. 지금 어떤 고기가 꼬치에서 익어가고 있는지 궁금해서였다. 그러고는, 내 양심을 걸고 하는 말인데, 정말로 아주 훌륭한 저녁 식사를 했다. 이웃 술꾼들을 초대해서 실컷 마셔댔음은 물론이다.

저녁 식사가 끝난 다음에는 따분하기 짝이 없는 복음서가 아니라 진짜 복음서를 가져오게 했다. 그러면 시종들이 주사위 놀이판과 카드 등을 가져왔다. 그렇지 않은 경우 주변의 아가씨들을 만나러 가서 간단한 파티를 열고 간식, 후식을 함께 먹곤 했다. 그다음에는 무엇을 했냐고? 물어볼 필요도 없다. 다음 날 아침 여덟 시가 넘을 때까지 늘어지게 잠을 잤다.

포노크라트는 교육 방식을 완전히 바꾸기로 작정했다. 하

지만 새로운 교육을 시키기에 앞서 지난 습성을 깡그리 잊게
만들어야 했다.

대자연이 그러하듯이 사람에게도 급작스러운 변화는 탈
을 불러오기 마련이라서 처음 며칠 동안은 그냥 내버려두었
다. 그러고는 우선 당대의 저명한 의사인 테오도르에게 자문
을 구했다. 잘못된 습관에 길든 가르강튀아를 다른 길로 돌려
놓는 것이 과연 가능한지를 물은 것이다. 의사는 일종의 정신
병 치료제인 원산초로 그를 정화시켰다. 그 약은 두뇌가 입은
손상을 치료하고 사악한 습관을 일거에 퇴치해버렸다. 그렇게
해서 포노크라트는 가르강튀아가 옛 사부들 밑에서 배웠던
것을 모두 잊게 만들었다.

다음으로는 가르강튀아 스스로 학습 욕망을 갖게 만드는
일이었다. 그는 제자를 학자들의 모임에 나가도록 했다. 그들
과 경쟁하면서 그들보다 많은 지식을 갖고자 하는 욕망을 키
워주기 위해서였다.

그런 후 하루에 단 한순간도 허비하지 않게 강도 높은 학습
계획을 세우고 따르게 했다. 학업에 전념하기로 한 이상 모든
시간을 지식 연마에 바치도록 한 것이다. 새로운 일과는 다음

과 같았다.

　가르강튀아는 새벽 네 시에 자리에서 일어났다. 하인이 그의 몸을 풀어주는 동안 옆에서 『성경』을 큰 소리로 또박또박 읽어주게 했다. 포노크라트는 그 일을 '책 읽는 사람'이라는 이름의 똑똑한 시동에게 시켰다. 화장실 가는 시간도 낭비하지 않았다. 배설물을 처리하는 은밀한 장소까지 스승이 동행해서 전날 배운 내용 중 모호하고 어려운 점을 설명해주고 복습을 시켰다.

　일을 처리하고 돌아오면서 그들은 하늘을 관찰하며 오늘은 해와 달이 어제와 어떻게 다른지를 살폈다.

　옷을 입고, 머리를 빗고, 모자를 쓰고, 옷차림을 갖추고, 향수를 뿌리는 시간도 낭비하지 않았다. 그동안 가르강튀아는 전날 배운 것을 복습하면서 외우고 실제 생활에 적용하는 훈련을 했다. 복습하는 데 어떤 때는 두세 시간이 걸리기도 했지만 대개는 옷 입는 동안에 다 끝났다. 그리고 세 시간 동안 스승과 제자가 함께 책을 읽었다.

　독서가 끝나면 밖으로 나와 읽은 것에 대해 토론을 하면서 정구장으로 갔다. 정신 단련과 함께 육체 단련이 필요했기 때문이다. 하지만 운동 시간은 자유였다. 아무 때고 원할 때면 운동을 중단했는데, 보통 땀이 많이 나거나 피로할 때였다. 운동을 마치면 몸을 잘 씻고 속옷을 갈아입은 다음 천천히 거닐면서 식사 준비가 되었는지 보러 갔다.

그렇게 보내는 동안 식욕 나리는 이미 왕림해 계셨다. 아침 식사가 즐거울 수밖에 없었다.

식사를 하면서 그들은 즐겁게 대화를 나누었다. 처음 몇 달 동안은 식탁에 오르는 것들, 즉 빵, 포도주, 물, 소금, 고기, 생선, 과일, 나물, 식물 뿌리 등의 효능이나 성질 등에 대해 이야기를 나누었다. 그런 다음에는 식사를 하면서 주제가 되었던 박물학에 관한 책을 식탁에 가져와 읽으며 이야기를 나누었다. 그렇게 가르강튀아는 식사를 하면서 만물박사가 되었다.

아침 식사를 마친 후에는 아름다운 송가를 부르며 하느님께 감사를 드린 후 카드를 가져오게 했다. 카드놀이를 하기 위해서가 아니었다. 산수와 관련된 재미있는 문제를 발견하고 흥미를 갖기 위해서였다. 중요한 것은 산수를 억지로 배우는 것이 아니라 즐겁게 배우는 것이었다. 가르강튀아는 카드로

수에 얽힌 갖가지 지식들을 배우고 익히는 일이 주사위나 카드놀이를 할 때만큼 즐거웠다. 그렇게 수학을 익히면서 기하학, 천문학 등 수학과 관련된 학문에도 통달하게 되었다.

카드로 수학을 배우며 즐긴 후에는 악기를 연주하며 노래했다. 가르강튀아는 플루트와 하프, 비올과 트롬본 연주하는 법을 배웠다. 이렇게 조용한 시간을 보내고 난 후 책을 읽고 글을 쓰고 문장을 지으면서 본격적인 공부를 다시 했다.

아침 공부가 끝나면 말 담당 시종인 짐나스트와 함께 숙소 밖으로 나왔다. 짐나스트는 그에게 승마술을 가르쳤다. 그리하여 가르강튀아는 전투용 말, 짐 싣는 말, 경주용 말 등 어느 말 위에나 올라타 온갖 묘기를 다 부릴 수 있게 되었으며 마상 결투의 일인자가 되었다. 이어서 그는 도끼, 창, 칼 등 무기 다루는 법을 배웠고 레슬링과 달리기도 연마했다. 그뿐이 아니었다. 수영을 배우면서 활쏘기, 사격을 했고 아령을 이용해 체력 단련도 했다. 그사이에 아주 간단하게 점심 식사를 할 뿐이었다. 점심 식사는 위의 울부짖음을 달랠 정도면 충분하다는 것이 포노그라트의 지론이었다.

14세기 필사본에 실린 파리 대학의 총장과 박사들 모임을 그린 삽화. 중세 중기인 11~12세기에 유럽에서 최초로 대학이 생겨나기 시작했다. 대학을 가리키는 라틴어 '우니베르시타스(universitas)'는 원래 교사들과 학생들의 조합이라는 뜻이었다. 많은 사람들이 대학으로 몰려들었는데, 당시는 고향을 떠나면 지위가 불안하고 위험했다. 그래서 공부하는 사람들끼리 힘을 합쳐 조합 같은 자치 조직을 만든 것이다. 유럽 북부에는 신학이 중심인 프랑스의 파리 대학이, 남부에는 법학과 의학을 더 중시한 이탈리아의 볼로냐 대학이 대표적이었다. 과정은 학사 6년, 석사와 박사 12년으로 학사 과정에서는 기하학, 지리학, 천문학, 음악학, 문법학, 논리학, 수사학 7가지 자유과목을 공부했는데 논리학이 가장 중요했다. 석사와 박사 과정은 법학부, 의학부, 신학부가 있었으며 신학부가 가장 권위 있었다. 강의 교재는 아리스토텔레스의 책이나 『성경』이었고, 강좌는 선택할 수 없어서 모두 똑같은 강의를 들었다.

제5장 가르강튀아, 공부를 시작하다

즐거운 하루를 보내고 나서 맞이하는 저녁 식사는 푸짐했다. 체력 유지와 영양 섭취를 위해 저녁은 양껏 먹었다. 식사를 하는 동안 점심때 배운 학과를 복습했고 나머지 시간은 유익한 대화를 나누며 보냈다.

저녁을 끝낸 후 감사 기도를 드리고 나서 그들은 악기를 연주하며 아름다운 노래를 부르거나 카드, 주사위 등으로 간단한 오락을 하며 시간을 보냈다. 잠자리에 들기까지 그 자리에 남아 놀기도 했지만 가끔씩 학자들 모임에 참석하거나 외국 여행을 하고 돌아온 사람을 방문하기도 했다. 새로운 지식을 얻기 위해서였다.

한밤중 잠자리에 들기 전 그들은 밖이 가장 잘 보이는 창가에서 하늘을 관찰했다. 그곳에서 혜성을 관찰하기도 했고 천체의 모양과 위치, 상태 등을 살피며 이야기를 나누었다. 그 일이 끝나면 함께 하루 종일 읽고, 보고, 배우고, 행했던 것들을 간단하게 요약, 정리했다. 그러고는 오늘 하루에 대한 감사의 기도를 하느님께 드리고 휴식에 들어갔다.

포노크라트는 가르강튀아에게 가끔 휴식을 주었다. 지나친 지적 활동으로 인한 긴장을 이따금 풀어줄 필요가 있었기 때문이다. 그래서 한 달에 한 번 정도는 맑고 평온한 날을 골라 아침 일찍 이웃 마을로 소풍을 떠났다. 그곳에서 그들은 훌륭한 식사를 하고, 농담을 주고받으며, 마음껏 즐기고 실컷 마셨다. 놀이를 하고, 노래 부르고, 춤추고, 싱그러운 풀밭 위를 뒹굴고, 새 둥지를 뒤지거나 메추리나 개구리, 가재를 잡으며 하루 종일 놀았다.

하지만 그런 날도 아무런 성과 없이 지나간 것은 아니었다. 그들은 풀밭에 앉아 베르길리우스 등 뛰어난 시인들의 아름다운 농경시와 전원시를 암송하거나 풍자시를 직접 지으며 보냈다.

이렇게 가르강튀아는 포노크라트의 교육에 의해 180도 다른 사람이 되었다. 그리고 그가 천성적으로 타고난 엄청난 식욕은 엄청난 지식욕으로 바뀌었다. 포노크라트는 식욕만이 아니라 지식욕도 자연이 준 선물이라는 사실을 일깨워준 것이다. 지식욕을 채우는 것도 식욕을 채우는 것만큼 기쁨을 줄 수 있음을 알게 해준 것이다. 그렇게 해서 가르강튀아는 몸만 거인이 아니라 지식에서도 거인이 되었다.

제6장 레르네의 과자 장수들과 가르강튀아의
백성들 간 다툼으로 전쟁이 일어나다

그랑구지에가 다스리는 왕국의 양 치는 목동들이 찌르레기 떼가 포도를 쪼아 먹지 못하게 하려고 포도밭을 지키고 있었다. 그때 레르네의 과자 장수들이 푸아스라는 과자를 잔뜩 싣고 네거리를 지나가고 있었다. 파리로 과자를 팔러 가는 중이었다.

목동들은 그들에게 푸아스를 팔라고 정중하게 요청했다. 물론 시장에서 파는 값으로 쳐주겠다고 했다. 어느 포도건 그 과자를 곁들여 먹으면 천상의 즐거움을 맛보는 것 같았기 때문이다. 과자 장수들은 목동들의 요구에 응하지 않았다. 더욱 고약한 것은 과자를 팔지 않는 데서 그친 것이 아니라 온갖 욕설을 퍼부었다는 사실이다. 그들은 밥벌레, 앞니 빠진 팔푼이, 난봉꾼, 건달, 악당, 위선자, 게으름뱅이, 식충이, 배불뚝이, 어릿광대, 망나니, 촌놈, 빌어먹을 놈, 건방진 놈, 허풍쟁이, 무식꾼, 멍청이, 세상 물정 모르는 놈, 거짓말쟁이, 거지같은 놈 등, 마치 욕설 발명가라도 된 듯 온갖 욕을 퍼부어댔는데 그들이 왜 그렇게 욕을 해댔는지는 지금도 밝혀지지 않았다. 아마 하느님의 뜻이었겠지 싶다.

그들은 실컷 욕을 하고 나서 이렇게 마무리 지었다.

"너희 같은 놈들은 이렇게 좋은 과자를 먹을 자격이 없어. 거친 밀가루로 만든 검은 빵이 제격이야."

그러자 목동 중에 프로지에라는 정직하고 선량한 젊은이가 앞으로 나섰다.

"언제부터 그렇게 거만해졌나? 평소에는 우리에게 푸아스를 잘도 팔지 않았어? 이웃 간에 그러는 게 아니야. 당신들이 빵이랑 케이크를 만들려고 밀가루를 사러 우리에게 왔을 때 우리가 어디 그렇게 대했어? 과자를 팔면 포도를 덤으로 줄 생각이었는데! 후회하게 될 거야. 당신들도 우리 것이 필요할 때가 올 테니까. 그때 우리도 똑같이 대해주겠어!"

그러자 과자 장수 조합 깃발을 들고 있던 마르케가 그에게 말했다.

"정말 건방진 건 너로구나. 그 기념으로 네게 푸아스를 줄 테니 이리 와라, 이리 와!"

마르케가 자루에 손을 넣자 순진한 프로지에는 정말로 푸아스를 팔려는 줄 알고 동전을 들고 다가갔다. 그러나 그가 받은 것은 마르케의 채찍질뿐이었다. 마르케는 프로지에의 종아리에 채찍질을 한 후 도망치려 했다. 그러자 프로지에는 "이 놈이 사람을 죽이려고 해!"라고 목청껏 외치며 겨드랑이에 끼고 있던 몽둥이를 그에게 던졌다. 몽둥이는 정확히 그의 어깨와 목덜미를 맞혔다. 마르케는 타고 있던 말에서 떨어져 죽은 듯이 땅바닥에 엎어졌다.

그 소동에 근처에서 호두 껍질을 까던 소작인들이 긴 장대를 들고 몰려와 푸아스 장수들을 호밀 타작하듯이 두들겨 팼다. 다른 목동들과 여자들까지 덩달아 달려와 돌팔매질을 시작하니 마치 우박이 쏟아지는 것 같았다. 그들은 과자 장수들로부터 과자 오륙십 개를 빼앗았다. 물론 그냥 빼앗은 것이 아니었다. 평소대로 값을 치러주었으며 호두 백 개와 청포도 세 바구니를 덤으로 더 얹어주었다. 그러자 과자 장수들은 부상 당한 마르케를 말에 태우고 목동들을 향해 욕설을 퍼부으며 레르네로 돌아갔다.

목동들과 마을 사람들은 포도에 과자를 곁들여 맛있게 먹고는 백파이프 소리에 맞춰 춤을 추며 즐거운 시간을 보냈다. 그들은 "과자 장수들이 아마 아침에 왼손으로 성호를 긋는 바람에 이런 일이 벌어진 거겠지"라고 비웃으며 즐거워했다.

레르네로 돌아간 과자 장수들은 곧장 왕궁으로 달려갔다. 그들은 '피크로콜(쓸개즙)'이라는 이름의 왕에게 부서진 바구니, 비어버린 바구니, 구겨진 모자, 찢어진 겉옷, 특히 크게 다친 마르케를 보여주며 그랑구지에의 목동들과 소작인들이 그런 짓을 저질렀다고 하소연했다.

'쓸개즙'이라는 이름 그대로 성급하고 화를 잘 내는 왕은 사연을 더 들을 생각도 않고 전국에 총동원령을 내렸다. 그는 거부하는 자는 교수형에 처하겠다고 엄포를 놓으며 다음 날 정오까지 모두 왕궁 앞에 무장한 채 집결하라고 명령을 내렸다.

그의 칙령에 따라 '트르플뤼(누더기 거지)'라는 이름의 영주가 1만 6,014명의 소총수와 3만 5,011명의 지원병으로 구성된 전위부대의 지휘를 맡았다.

포병부대 지휘는 시종장 '투크디용(허풍쟁이)'이 맡았다. 포병부대는 총 914문의 온갖 다양한 화포들로 진영을 갖추었다. 후위부대는 '라크드나르(동전 줄기)' 공작이 맡았고 왕과 왕국의 귀족들이 본대에 포진했다.

그들은 진영을 갖추어 그랑구지에 왕국으로 진격했다. 그리고 정찰병들을 미리 보내 적군의 동정을 살피게 했다. 정찰병들은, 아무리 열심히 살펴보아도 그냥 조용하기만 할 뿐 아무도 모여 있지 않다고 보고했다. 보고를 들은 피크로콜 왕은 모두 신속히 진군하도록 명령했다.

그들은 제대로 대오도 짓지 않고 행군하며 가난한 자건 부자건, 성역이건 아니건, 지나가는 곳은 모두 파괴하고 약탈했다. 황소, 암소, 수송아지, 암송아지, 암양, 숫양, 암염소, 숫염소, 암탉, 수탉, 병아리, 거위 새끼, 수거위, 암거위, 수돼지, 암돼지, 새끼 돼지를 닥치지 않고 잡아 갔으며 호두를 흔들어 따고 포도나무를 뽑고 나무에 달린 과일들을 죄다 떨어뜨렸다.

그들이 이렇게 행패를 부려도 아무도 저항하지 않았다. 단지 "언제나 사이 좋은 이웃이었는데 왜 이렇게 갑자기 모질게 나오는지 모르겠다"고, "자신들이 이런 대접을 받을 만한 짓을 하지 않았으니 인정을 좀 베풀어달라"고 간청할 뿐이었다. 조금 강하게 나오는 경우라도 겨우 "이렇게 말도 안 되는 짓을 하다가는 하느님께 벌을 받을 것"이라고 경고할 뿐이었다. 그런 간청과 경고에 대해 레르네 백성들은 과자 제대로 먹는 법을 가르쳐주려는 것이라고 대꾸했을 뿐 다른 말은 전혀 하지 않았다.

그들은 약탈을 일삼으며 쇠이예에 이르렀다. 그리고 모든 사람들에게서 뺏을 수 있는 것은 모두 빼앗았다. 무서울 것이 없었다. 그들은 큰 마을을 약탈하고 나서 수도원으로 몰려갔다. 수도원 문이 잠긴 것을 보고 일부 부대가 담을 부수고 들어가 그곳을 점령했다. 한창 수확기인 포도밭을 결딴내기 위해서였다. 나머지 주력 부대는 그곳을 지나 베드 여울을 향해 진군했다.

가련한 수도사들은 어찌할 바를 몰랐다. 우선 모든 수도사들을 소집해 총회를 열었다. 총회에서는 진지한 논의 끝에 다음과 같은 중요한 결론을 내렸다. 첫째, 훌륭한 강론을 듣는다. 둘째, '적의 공격에 대하여'라는 기도를 한다. 셋째, '평화를 위하여'라는 노래를 합창하며 행진한다.

당시 그 수도원에는 장 데 장토뫼르라는 젊은 수도사가 있었다. 그는 여자들에게 친절하고, 건장하고, 쾌활하고, 손재주 좋고, 대담무쌍하고, 결단력 있고, 키 크고, 마르고, 말 잘하고, 성무 일과 빨리 처리하고, 미사를 자유롭게 해치우는 수도사였다. 한마디로 말해, 이 세상에 수도사가 존재해온 이래 진짜 수도사가 있다면 그가 바로 그런 수도사였다.

그는 적들이 수도원의 포도밭에서 소란을 피우며 내는 소리를 듣고 밖으로 나왔다. 적들은 그들이 일 년 내내 피땀 흘려 가꾼 포도들을 털고 있었다. 그는 다시 교회 안으로 들어가 노래를 부르고 있는 수도사들을 바라보았다. 그들은 성무 일과서의 앞부분을 길게 늘여 찬송하고 있었다.

"저,어,억,의 고,오,옹,겨,어,억,을, 두,우,려,우,어,어, 마,아,아,라,아,아(적의 공격을 두려워 마라)."

그가 말했다.

"제길, 그러느니 아예 이런 노래를 부르지 그래.

'잘 가라, 바구니야. 포도 수확은 끝장이로구나.'

저놈들이 아예 우리 포도밭을 작살낼 판이로군. 빌어먹을!
불쌍한 우리는 이제 무엇을 마신단 말인가?"

그가 홀로 노래했다.

"주여 저희에게 마실 것을 주시옵소서!"

그가 기도에 방해가 되자 수도원장이 크게 분노했다.

"이놈의 주정뱅이가 도대체 무슨 짓을 하고 있는 거냐! 어
서 저 녀석을 감방에 처넣어라. 신성한 성무를 방해하다니!"

그러자 장이 대답했다.

"원장님, 원장님도 제일 좋은 포도주를 즐겨 드시면서 이렇
게 노래만 하고 계실 겁니까? 왜 포도 수확할 때는 성무 일과
가 짧을까요? 포도를 따고 포도주를 담기 위해서지요. 고결한
사람이 포도주를 싫어하는 법은 없습니다. 포도주는 신성하고
고결한 거지요.

자, 포도주를 즐기시는 여러분, 제 말을 듣고 제발 저를 따
르십시오. 감히 말씀드리지만 포도나무를 구하려 하지도 않고
포도주를 마시려 한다면 그건 죄악입니다. 빌어먹을! 내가 신

성한 교회의 재산, 우리의 포도나무를 구하려다 죽으면 성자가 되겠지요? 하지만 난 죽지 않을 겁니다. 저놈들을 죽음으로 이끌 겁니다."

말을 마치자 그는 긴 겉옷을 벗어던지고 창처럼 긴 십자가 지팡이를 잡았다. 그러고는 밖으로 나와 다짜고짜 포도를 털고 있던 적들을 공격하기 시작했다. 그는 경고도 하지 않은 채 마구잡이로 그들을 후려쳐 돼지 잡듯 거꾸러뜨렸다.

어떤 놈들은 두개골이 박살났고, 어떤 놈들은 팔다리가 부러졌고, 어떤 놈들은 목뼈가 튀어 나왔고, 어떤 놈들은 허리가 꺾어졌으며, 코가 주저앉고, 눈이 멍들고, 턱뼈가 쪼개지고, 이빨이 작살나고, 어깨가 부서지고, 다리가 부러지고, 사지 뼈가 조각나고, 정말 가관이었다.

적들 중 포도나무 사이로 숨으려고 하는 자가 있으면 개 패듯 등뼈를 마구 두들겨 허리를 꺾어버렸다. 나무 위는 안전할까 싶어 나무 위로 기어오르는 놈은 항문에 지팡이를 쑤셔 박았다.

그와 안면이 있는 놈이 그에게 "내 친구 장 수도사여, 좀 봐주시게, 항복하겠네!"라고 외치면 "항복 좋지, 하지만 그 전에 악마에게 영혼을 바쳐야 할걸!"이라고 대답한 후 뭇매를 놓았다. 적들 중 감히 그에게 대적하려는 정신 나간 놈이 있으면 단숨에 가슴을 꿰뚫어놓았고, 배꼽 근처를 가격해 내장을 쏟아내게 했으며, 불알 사이를 찔러 직장을 꿰뚫어놓았으니, 일찍이 본 적 없는 끔찍한 광경이었다.

어떤 놈들은 말도 못하고 죽었고 어떤 놈들은 죽지 않은 채 말했다. 어떤 놈들은 말하면서 죽었고 어떤 놈들은 죽으면서 말했다. 또 어떤 놈들은 큰 소리로 "고해, 고해를 받아주세요! 참회합니다, 긍휼히 여기소서!"라고 외쳤다.

비명 소리, 신음 소리, 고함 소리에 수도원장이 모든 수도사들과 함께 밖으로 나왔다. 수도원장은 치명상을 입고 쓰러져 신음하는 가련한 부상자들을 보고 그들의 고해를 받아주라고 지시했다. 사제들이 고해를 받고 있는 동안 어린 꼬마 수도사들이 장 수도사에게 달려가 무엇을 도와드릴지 물었다. 그는 땅바닥에 쓰러져 있는 자들의 목을 따라고 대답했다. 그러자 어린 수도사들은 치명상을 입고 뒹구는 자들의 목을 따기 시작했다. 그들이 어떤 무기로 과업을 수행했는지 궁금하신가? 아이들이 호두 껍질을 깔 때 쓰는 작고 짧은 나이프가 그들의

포도주 만들기

14세기의 건강 서적 『타퀴넘 사니타티스(Tacuinum sanitatis)』에 실린 그림. 포도주의 흔적은 기원전 7000년 중국, 기원전 6000년경 그루지야와 아르메니아, 기원전 5000년 이란 등 신석기시대부터 발견된다. 기원전 4500년경 포도주는 고대 그리스 발칸 반도로 퍼져 나갔고 이어 로마 시대에 더욱 활성화된다. 로마는 당시 군인들에게 보급할 포도주를 이탈리아 외에 프랑스와 독일 등에서 생산했는데 이것이 오늘날 유럽 포도주의 주요 생산 지역이 된 것으로 본다. 중세시대에는 수도원에서 예식용으로 포도주를 만들다가 남아돌자 팔기까지 했고 결국 수도원의 중요한 수입원이 되었다. 당시 도시들에서는 마시는 물이 깨끗하지 않아 포도주는 설사나 배탈 등의 약으로도 사용되었다.

무기였다.

　장 수도사의 활약에 포도밭으로 들어갔던 부대는 몰살당했다. 그 수는 1만 3,622명에 달했다. 기사도 소설에 나오는 그 어떤 기사라도 장 수도사만큼 용감하지는 못했을 것이다.

　한편 장 수도사가 포도밭에서 적들을 상대로 맹활약하는 동안, 피크로콜은 베드 여울을 건너 라 로슈 클레르모로 진격했다. 아무런 저항도 없었다. 밤이 되었으므로 피크로콜의 군대는 그곳에서 야영을 했다.

　그러면 이들은 이쯤에서 편히 야영하도록 내버려두고 파리에서 학문 연구와 육체 단련에 전념하고 있는 우리의 가르강튀아와 늙고 선량한 그의 아버지 그랑구지에 쪽으로 눈길을 돌려보기로 하자.

　그랑구지에는 저녁 식사를 마친 후 따뜻한 불가에서 불알을 녹이며 아내와 아이들에게 아름다운 옛날이야기를 들려주고 있었다. 그때 포도밭을 지키던 목동 중 한 명이 허겁지겁 나타나 레르네의 왕인 피크로콜이 그의 영지에서 저지른 짓을 보고했다. 그리고 장 데 장토뫼르 수도사의 명예로운 활약으로 쇠이예의 포도밭만 무사할 뿐 전 국토가 피크로콜의 손에 황폐화되고 약탈당했음을 보고했다.

그랑구지에가 놀라서 말했다.

"아, 이게 도대체 무슨 슬픈 일이란 말이냐! 혈연으로 맺어진 오랜 친구 피크로콜이 공격을 해 오다니! 오, 오, 오, 오, 하느님. 제발 저를 도와주소서. 저는 그를 기분 나쁘게 한 적도 없고 그의 부하들에게 해를 끼친 적도 없으며 그의 땅을 침범하지도 않았습니다. 거꾸로 그에게 도움이 될 수 있는 것들을 베풀어왔습니다. 그런데 그가 이런 짓을 하다니! 이건 사악한 마귀의 장난일 수밖에 없습니다. 오, 자비로우신 하느님! 그가 미친 것입니까? 만일 미친 그를 제정신이 들게 하려고 이곳으로 보내신 것이라면 당신의 성스러운 뜻을 받들 수 있도록 제게 힘과 지혜를 주시옵소서.

여러 신하들은 들어라! 내 평생 평화를 추구하며 살았건만 노년에 이런 일이 벌어지다니. 나는 우리 불쌍한 백성들을 구원하고 보호하기 위해 이 지치고 힘없는 어깨 위에 갑옷을 걸쳐야 한다는 것을 잘 알고 있다. 하지만 우선 평화를 지키기 위해 온갖 노력을 다 해보리라. 그런 후 전쟁을 해도 늦지 않으리."

　왕의 명령으로 곧 자문 회의가 소집되었다. 회의 결과 무엇 때문에 그들이 침범해 왔는지 알아보기 위해 사려 깊은 인물을 피크로콜에게 보내는 한편, 곤경에 처한 나라를 구하기 위해 가르강튀아를 급히 불러 오자는 결정이 내려졌다.

　그랑구지에는 그 결정을 받아들였다. 그는 가르강튀아에게 서둘러 전령을 보냈다. 전령의 손에는 아버지가 아들 가르강튀아에게 쓴 편지가 들려 있었다.

　　아들아, 열심히 학문 연마에 정진하고 있는 너에게 이렇게 빨리 돌아오라고 편지를 전하는구나. 하지만 무슨 운명인지 내가 가장 믿었던 사람 때문에 노년에 큰 근심거리를 안게 되었으니 너를 부르지 않을 수가 없다. 나와 네게 맡겨진 백성들과 그들의 재산을 구하는 것은 우리의 권리이자 의무가 아니겠느냐.

　　용기를 발휘해야 할 때 실천하는 것, 그것 또한 학문을 하는 뜻이 아니겠느냐? 더욱이 도발을 하려는 것이 아니라 진정시키려는 것일 때, 정복하려는 것이 아니라 나의 충성스러운 신하들과 물려받은 영토를 지키려는 것일 때 발휘되는 용기는 진정 값진 것이 아니겠느냐? 피크로콜은 아무런 이유나 동기도 없이 이 땅으로 쳐들어와 그 누구도 용서 못 할 잔혹 행위를 서슴없이 저지르고 있단다.

나는 그가 진정으로 원하는 게 무엇인지 다 들어주겠다며 그의 분노를 달래려고 온갖 시도를 해보았단다. 그가 모욕을 당했다면 왜, 누구에게, 어떻게, 얼마만큼 모욕을 당한 것인지 공손하게 물어보기도 했단다. 하지만 그는 나와 싸울 의사가 분명하다는 것, 내 영토에서 자신이 정당한 권리를 행사하고 있다는 것만 내게 알려왔을 뿐이란다. 결국 그가 영원한 주 하느님의 은총에서 벗어나 사악한 길로 빠져버렸음을 알았단다.

그러니 사랑하는 아들아, 이 편지를 읽는 대로 되도록 빨리 돌아오너라(너의 효심으로 응당 그리하겠지만). 우리 백성을 구하고 지켜야 할 의무는 내게 있기보다는 네게 있단다. 가능한 한 피를 흘리지 말고 사태를 수습해야 한다. 모든 사람의 생명을 구할 예방책을 써서 그들이 즐겁게 집으로 돌아갈 수 있게 해주어야 할 것이다.

소중한 내 아들아, 우리 주 그리스도의 평화가 너와 함께하기를!

포노크라트, 짐나스트와 외데몽에게 안부 전해다오.

9월 20일

아버지 그랑구지에

제7장 사태를 평화롭게 수습하기 위해 그랑구지에는
어떤 노력을 했는가

그랑구지에는 전령을 시켜 아들에게 편지를 보내는 한편, 피크로콜에게도 사신을 보냈다. 사신으로는 청원 사건 담당관인 윌리크 갈레를 뽑았다.

갈레는 피크로콜이 집결해 있는 라 로슈 클레르모로 가서 성문 앞에 이르렀다. 그가 피크로콜을 만나기를 청했으나 피크로콜은 성문을 열어주지 않았다. 그는 보루에 나와 성 밖을 내다보며 말했다.

"무슨 새로운 소식이라도 있는가? 무슨 할 말이 있는가?"

그러자 사신이 길게 말했다.

"상대방에게 호의와 친절을 기대했다가 모욕을 당하거나 피해를 입는 것보다 고통스러운 일은 없을 것입니다. 어떤 이는 그런 부당한 대접을 받는 것을 생명을 잃는 것보다 더 견디기 어렵게 생각할 수도 있습니다. 그러니 우리의 주군이신 그랑구지에 왕께서 전하의 이런 무분별한 침입 앞에 상심하시고 혼란스러워하시는 것은 지극히 당연한 일입니다. 이번 사태는 백성들을 그 누구보다 아끼시고 깊은 애정을 가지고 계신 우리 주군께 크나큰 고통을 안겨주었습니다.

우리 주군께서 더욱 가슴 아프신 것은 이런 잘못을 저지른 장본인이 바로 전하와 전하의 부하들이기 때문입니다. 저희 왕국과 전하의 왕국은 대대로 우호조약을 맺어왔습니다. 우리는 그 우호조약을 신성시하여 저희 왕국은 물론이고 전하의 왕국, 더 나아가 주변의 그 어느 국가도 그 동맹을 깬다는 생각은 꿈에서조차 해보지 않았습니다. 그리고 주변의 많은 국가들도 그 우호조약에 함께 참여하길 갈망하고 있습니다. 그래서 저희를 비롯하여 그 누구도 저희 왕국이나 전하의 왕국 영토에 감히 피해를 가하는 일은 생각조차 하지 않고 있습니다.

도대체 전하께서는 어떤 광기에 사로잡히셨기에, 우리가

아무런 도발도 하지 않았는데 이렇게 동맹을 깨고 우정을 짓밟은 채 우리의 영토에 침범하신 것입니까? 신뢰는 어디로 갔습니까? 법은 어디 있습니까? 인간적 도리는 어디로 갔습니까? 하느님이 두렵지도 않으십니까? 전하께서는 이런 부당한 짓이 전지전능하신 하느님께 감추어질 수 있다고 생각하십니까?

전하께서 그런 생각을 하신다면 착각입니다. 세상 모든 일은 결국 그분의 심판을 받게 되어 있으니까요. 이 세상 모든 것은 영원하지 않습니다. 언제나 돌고 돌게 되어 있습니다. 이 세상 모든 것은 정점에 도달하면 결국 아래로 떨어지게 되어 있습니다.

전하, 전하께서는 스스로 지금 정점에 도달하셨다고 생각하시는 건가요? 아니면 정점에 오르기도 전에 스스로 파멸을 재촉하시는 건가요? 설사 그렇다 하더라도 우리 국왕께 해를 끼치면서 그러시는 이유가 무엇인지 궁금합니다. 지금이 전하의 처소가 무너질 운명의 순간이라 할지라도 그 처소를 호화롭게 치장하는 데 도움을 주셨던 분의 안방을 이렇게 덮쳐야만 하겠습니까? 너무나 비이성적이고 상식에 벗어나는 일이라서 저희는 전하께서 악마에게 홀려 광기에 사로잡혔다고 볼 수밖에 없습니다.

만일 우리가 전하의 백성이나 영토에 어떤 피해를 주었다 하더라도, 우리 때문에 전하의 명예가 손상되었다 하더라도 이러실 수는 없습니다. 우선 진실을 알아보시고 우리에게 말로 꾸짖거나 훈계를 하셨어야 합니다. 그러면 우리는 얼마든지 전하를 만족시켜드릴 수 있도록 온갖 조치를 취했을 것입니다.

하느님께 여쭙듯이 묻습니다. 과연 전하의 계획은 무엇입니까? 우리 주군의 왕국을 약탈하고 유린하는 것, 오로지 그것만이 진정 전하가 원하시는 것입니까? 그분께서 이런 부당한 침입에 대항할 힘도 없는 비겁하고 얼빠진 위인이라고 생각하시는 겁니까? 저희 진영에는 모두 바보들만 있다고 생각하시는 겁니까?

그러니 지금 당장 조용히 돌아가십시오. 가시는 중에 약탈이나 폭력 행위를 삼가시고 내일 중으로 전하의 영토로 돌아가십시오. 그리고 전하께서 이번 침입으로 우리에게 끼친 손해 배상금으로 금화 1,000냥을 지불하십시오. 당장 지불하라는 건 아닙니다. 우선 절반만 지불하시고 나머지는 내년 5월에 지불하십시오. 그리고 우리에게 투르느뮬(돌절구 돌리는 사람), 바드페스(엉덩이 아래), 무뉘아유(잡스러운 놈) 공작을 비롯해 여러 인질을 넘겨주십시오."

말을 마친 후 점잖은 칼레는 입을 다물었다. 피크로콜은 그의 모든 말을 무시한 채 이렇게 대답했을 뿐이었다.

"어디 직접 찾으러 오시지. 찾으러 오시라고. 그들이 너희에게 과자 만드는 법을 가르쳐줄 거야."

칼레는 아무 소득 없이 그랑구지에에게 돌아갈 수밖에 없었다. 그랑구지에는 돌아온 사신에게 물었다.

"그래, 내 친구! 무슨 좋은 소식이라도 가져왔는가?"

"엉망입니다. 그는 이성을 잃어버렸고 하느님으로부터 버림받은 사람입니다."

"그렇구먼. 그러니까 이런 짓을 하지. 그런데 이런 무도한 짓을 한 이유에 대해서는 한마디도 안 하던가?"

"아무 설명도 없었습니다. 다만 화를 내며 과자 이야기를 하더군요. 혹시 누군가가 그의 과자 장수들에게 피해를 입히

지나 않았는지 모르겠습니다."

"그래? 그렇다면 우리 행동을 결정하기 전에 먼저 그 일을 알아보아야겠군."

그랑구지에는 사람들을 시켜 자세히 알아보게 했다. 그래서 피크로콜 백성들의 과자를 몇 개 강제로 빼앗았다는 것, 마르케가 머리에 몽둥이찜질을 당했다는 것을 알았다. 그렇지만 후하게 값을 쳐주었고 그 마르케라는 자가 먼저 프로지에의 다리를 채찍으로 때려 상처를 입혔다는 사실도 알았다. 자문 회의가 열렸고 모두 전력을 다해 맞서 싸워야 한다고 주장했다. 다들 투지가 넘쳤다. 그렇지만 그랑구지에는 신하들을 달래며 이렇게 말했다.

"과자 몇 개가 문제니 피크로콜의 화를 가라앉힐 방도를 생각하라. 그런 하찮은 일로 전쟁을 하고 싶지는 않으니."

다시 자세히 조사한 결과 과자를 오륙십 개 빼앗았다는 사실이 밝혀졌다. 그랑구지에는 그날 밤 안으로 다섯 수레 분의 과자를 만들라고 지시했다. 그리고 그중 한 수레 분은 특별히 좋은 재료를 써서 잘 만들라고 했다. 마르케에게 줄 과자였다. 또한 그가 입은 상처에 대한 보상으로 70만 냥의 금화를 지불하라고 지시했다. 거기에 얹어 상당한 넓이의 농지를 그에게 주라고 했다. 이 모든 것을 운반할 지휘자로 역시 칼레를 임명했다.

칼레는 과자와 금화를 싣고 적진 성문 앞에 이르러 피크로콜과 면담할 것을 요청했다. 그러나 피크로콜은 성문을 열지 않은 것은 물론이고 보루에 모습을 드러내지도 않았다. 대신 수비대장 투크디용을 보냈다. 사신은 투크디용에게 말했다.

"대장님, 당신들이 물러가고 이전의 동맹 관계를 되찾기 위해 이 싸움의 원인인 과자를 지금 돌려드리겠습니다. 우리 백성이 육십 개를 빼앗았다지만 정확히 말하자면 거래를 한 것입니다. 돈을 충분히 지불했으니까요. 하지만 우리는 워낙 평화를 사랑합니다. 그래서 다섯 수레 분량의 과자를 가져왔습니다. 그중 한 수레는 마르케 몫입니다. 게다가 그에게는 상당량의 금화와 넓은 농지를 보상으로 주겠습니다. 그러니 제발 평화롭게 지냅시다. 즐거운 마음으로 당신들 영토로 돌아가 전처럼 친구로 지냅시다."

투크디용은 칼레의 말을 피크로콜에게 전하며 그를 부추겼다.

"전하, 이 촌놈들이 잔뜩 겁을 집어먹은 게 틀림없습니다.

그 가련한 술꾼 그랑구지에는 분명 똥끝이 탈 것입니다. 술병을 비우는 데 선수지 전쟁에는 젬병이니까요. 이 빵과 돈은 받아들이고 우리가 하던 일을 계속하자는 게 제 의견입니다. 도대체 이런 과자 따위를 우리에게 보내다니! 우리를 속이기 쉬운 상대로 깔보는 게 분명합니다. 전하께서 지금까지 저들에게 얼마나 잘 대해주었는데, 이따위 경멸이나 되돌려주다니! 천한 놈에게 아첨을 하면 당하기 마련이고 천한 놈을 혼내주면 아첨하게 되어 있습니다.”

피크로콜은 투크디용의 말에, 없던 화까지 치솟았다. 그는 돈과 과자와 수레를 빼앗고 아무 답 없이 칼레 일행을 돌려보냈다. 결국 사신 일행은 이번에도 성과 없이 돌아갈 수밖에 없었다. 칼레는 그랑구지에에게 모든 상황을 보고했다. 그리고 전면전을 치르는 것 외에는 평화를 지켜낼 방법이 전혀 없다고 덧붙였다.

한편 과자와 돈을 강탈한 피크로콜 진영에서 회의가 열렸다. 므뉘아유 공작과 스파다생(검객) 백작, 메르다유(신병) 장군이 피크로콜 앞에 나가 차례로 말했다.

"전하, 오늘 저희는 전하를 마케도니아의 알렉산드로스 이래로 가장 위대한 군주로 만들어드리겠습니다."

"저희의 계획을 들어보십시오. 그랑구지에 정도는 쉽게 물리칠 수 있습니다. 그를 격파한 후 부대를 둘로 나누십시오. 일부는 이곳에 주둔하게 하고 나머지 부대는 계속 랑드 지방까지 진격합니다. 그런 후 우리는 모든 해안 도시들을 접수하며 포르투갈까지 진격합니다. 에스파냐도 쉽게 항복할 것입니다. 그들은 그저 촌놈들일 뿐이니까요. 세비야 해협을 지나시면서 그 해협에 기념 기둥을 세우시고 피크로콜 해협이라는 이름을 붙이십시오. 그런 후 튀니지, 알제리, 아바나 왕국들과 모든 야만국들을 과감하게 공격하십시오. 내침 김에 이탈리아까지 접수하는 겁니다."

"그러는 한편 이곳에 남아 있던 점령군들은 프랑스 전 지역을 접수한 후 오스트리아와 보헤미아로 진격합니다. 그리고 영국, 스코틀랜드, 아일랜드를 복속시킬 겁니다. 그런 후 발트해를 건너서 프러시아, 폴란드, 헝가리, 불가리아, 터키를 정복하고 콘스탄티노플로 갑니다. 모스크바를 속국으로 만드는 것은 물론이고요."

그들의 말에 피크로콜은 용기백배해서 외쳤다.

"자, 어서, 어서. 모두 서둘러라. 우리가 이루어야 할 과업이 너무나 크다. 나를 믿고 사랑하는 자들이여, 나를 따르라."

제8장 가르강튀아, 파리를 떠나 아버지에게 가다

　　　　　같은 시각, 가르강튀아는 부친의 편지를 받는 즉시 그의 암말을 타고 파리를 떠나 쉬농 근처에 있는 수녀원의 다리를 건넜다. 포노크라트와 외데몽, 그리고 말 시종인 짐나스트는 역마를 타고 그 뒤를 따랐다. 다른 하인들과 시종들도 책을 몽땅 싣고 그 뒤를 이었다.

　가르강튀아는 아버지 왕국 가까이 도착하자 구게라는 소작인을 불렀다. 그리고 그에게서 피크로콜이 어떤 식으로 라 로슈 클레르모에 방어진지를 구축하고 있는지 물었다. 그들이 어떤 식으로 약탈을 자행했는지도 들었다. 구게는 그들이 얼마나 믿기 어려울 만큼 무도한 짓을 저질렀는지 길게 보고했다. 가르강튀아는 걱정만 될 뿐 어떻게 해야 할지 갈피를 잡을 수 없었다.

그러자 포노크라트가 조언을 했다. 변함없는 친구이자 동맹자인 보기용의 영주를 만나면 모든 정보를 더 정확히 들을 수 있을 것이며 도움도 받을 수 있으리라는 이야기였다. 가르강튀아는 즉시 보기용의 영주를 만났다. 그러자 보기용 영주가 제안을 했다. 부하들 중 하나를 파견해서 적들 지역을 정찰하고 그들의 상황을 미리 알아보자는 것이었다. 용감한 말 시종 짐나스트가 그 일을 자원했다.

짐나스트는 보기용 영주의 하인인 프롤랭강과 함께 출발했다. 둘 다 겁이 없었다. 그들은 말을 타고 오래 달린 끝에 무질서하게 흩어져 마구 약탈을 일삼고 있는 적들을 발견했다. 멀리서 짐나스트를 보자 그들은 떼 지어 달려들어 소지품을 약탈하려 했다. 그러자 즉시 짐나스트가 그들에게 외쳤다.

"여러분, 나는 불쌍한 악마랍니다. 내게는 아직 금화가 몇 푼 있는데 그걸로 술을 마신답니다. 이 금화는 마실 수 있는 금이랍니다."

그러면서 그는 호리병을 꺼내 신나게 마셨다. 도대체 말도 안 되는 소리였지만 짐나스트가 하도 맛있게 마시는 바람에 불한당들은 침을 꿀꺽 삼키며 그를 바라보았다. 부하들이 모여 있는 모습을 본 그들의 대장 트리페가 무슨 일인지 궁금해서 달려왔다. 짐나스트는 그에게 술병을 내밀며 말했다.

"자, 대장님, 주저 말고 마시세요. 제가 먼저 시음해보았으니 독이 들었을 리 없지요. 이건 라푸아 몽조산 포도주군요."

트리페가 말했다.

"뭐라고? 이 촌놈이 우리를 놀리는 거야? 너 도대체 누구냐?"

"저요? 저는 가련한 악마랍니다."

"아, 그래? 악마라면 저세상으로 가는 게 좋겠구나. 악마니까 통행료 없이 저세상으로 쉽게 갈 수 있을 테니. 하지만 악마가 그렇게 말을 타고 있는 건 관례에 어긋나지. 그러니 악마 나리, 내가 그 짐말을 가질 테니 우선 말에서 내리시지. 만일 그 말이 나를 잘 태우지 못한다면, 악마 선생, 자네가 나를 태우고 다녀야 할걸. 나는 악마 등에 타는 걸 무척 좋아한단 말씀이야."

둘의 수작을 보고 있던 불한당들 중 몇몇은 짐나스트가 정말 악마라고 믿고 성호를 그었다. 그들 중 한 놈이 바지 앞주머니에서 기도서를 꺼내더니 큰 소리로 외쳤다.

"거룩하신 하느님 이름으로 말하겠다. 네가 하느님의 사람이라면 그렇다고 말하라! 그러나 악마의 편이라면 썩 꺼져버려라!"

그래도 짐나스트가 꼼짝 않자, 무리 중 몇몇이 겁을 먹고 슬쩍 대열을 이탈해 도망가버렸다. 짐나스트는 그 모습을 놓치지 않고 관찰하고 있었다.

짐나스트는 말에서 내리는 척하더니 말 왼편에 매달려 고삐를 한 바퀴 감았다. 그러고는 말 아래쪽으로 내려갔다가 다시 공중으로 치솟아 올라 안장 위에 두 발로 섰다. 그런 다음 말 위에서 보일 수 있는 온갖 재주를 다 선보였다. 말의 두 귀 사이에 물구나무서서 왼손 엄지손가락만으로 지탱한 채 몸 두 바퀴 돌리기, 양손 엄지손가락을 말 엉덩이에 대고 공중에서 두 다리를 머리 위로 젖혀 올리기, 그런 후 공중으로 도약했다가 두 발을 모은 채 안장 앞에 우뚝 서기 등 갖은 묘기를 부려 보였다. 그는 그 자세로 팔짱을 낀 채 큰 소리로 말했다.

"나 화났다. 악마들아, 나 화났다고, 화났다니까! 날 붙잡아
봐, 악마들아, 날 붙잡아보라고."

그가 믿을 수 없는 곡예를 부리자 불한당들은 너무 놀라 수
군거렸다.

"오, 성모님! 저자는 괴물이나 악마가 변장한 거야. 주여, 사
악한 악마로부터 저희를 구해주소서!"

그러고는 겁을 먹고 꼬리를 사타구니에 처박은 강아지들처
럼, 많은 자들이 흘끔흘끔 뒤를 돌아보며 도망쳤다. 상황이 유
리하게 전개되자 짐나스트는 칼을 뽑아들고 말에서 내렸다.
그러고는 계급이 높은 자들부터 차례차례 후려치기 시작했다.
그가 신기한 곡예를 보여주었겠다, 대장 트리페가 그를 악마
라고 불렀겠다, 다들 그를 굶주린 악마라고 생각해서 아무도
덤벼들지 못했다. 그래도 대장은 대장이라고 트리페가 칼을
들고 등 뒤에서 덤벼들었다. 그러고는 칼로 짐나스트의 머리
를 내리쳤다. 하지만 단단한 투구를 쓰고 있었기에 가벼운 충
격만 느꼈을 뿐이었다. 짐나스트는 휙 몸을 돌려 트리페의 가
슴 쪽을 찌르는 척했다. 트리페가 위쪽을 방어하는 사이 짐나
스트는 단칼에 아래쪽을 베어버렸다.

사람들은 우연히 행운을 만나면 그 행운을 끝까지 따라가기 마련이다. 하지만 짐나스트는 현명했다. 행운이란 너무 귀찮게 하거나 핍박하면 안 되는 법이라고 생각하고 그만 물러났다. 그러고는 다시 말에 올라 박차를 가해 보기용을 향해 말을 몰았다.

짐나스트는 돌아와서 모든 상황을 가르강튀아에게 보고했다. 적들은 불한당, 강도에 지나지 않으며 군대 규율도 모르는 자들이라고 단언하면서 과감하게 진군하자고 주장했다.

가르강튀아는 짐나스트의 주장을 받아들여 자신의 거대한 암말에 올랐다. 길을 가는 동안 암말이 오줌을 쌌는데 그 양이 엄청나서 사방 70리에 걸쳐 홍수를 일으켰다. 그 오줌이 모두 베드 여울로 흘러 들어가서 강물이 엄청나게 불어났고 언덕 위에 있던 일부를 제외하고는 적의 무리가 몽땅 익사하고 말았다.

이윽고 가르강튀아가 베드 숲에 도착했다. 성안에 적이 약간 남아 있다고 외데몽이 보고하자 그는 힘껏 고함을 질렀다.

"너희 그 안에 있느냐 없느냐? 만일 있다면 즉시 떠나라.

없다면 아무 말 할 필요 없다. 그냥 가만히 있어라."

가르강튀아가 하는 말이 너무 재미있어서 모두들 킥킥댔다. 그런데 겁 없는 적군 포수 한 명이 그에게 대포를 쏘았다. 포탄은 정확히 가르강튀아의 관자놀이를 맞추었다. 하지만 그 공격이 그에게는 자두 한 알 맞은 것 이상의 충격을 주지 못했다.

가르강튀아가 말했다.

"이게 뭐야? 포도 씨로 우리를 공격하겠다는 거냐? 포도를 노략질했다지? 값비싼 대가를 치르게 해주마!"

농담이 아니었다. 그는 정말로 대포알을 포도 씨라고 생각했던 것이다.

성안에서 약탈에 정신이 없던 자들이 모두 탑과 보루로 몰려와 그의 머리를 겨냥해 대포와 화승총을 쏘기 시작했다. 모두 9,025발이었다. 집중 공격을 받은 가르강튀아가 소리쳤다.

"포노크라트, 이 파리 떼가 시야를 가리는군요. 버드나무 가지를 좀 주시오. 이것들을 쫓아버려야겠어요."

그는 대포알과 총알, 돌덩이를 쇠파리로 생각했다.

포노크라트는 선생답게 그것이 파리 떼가 아니라 대포알이라고 알려주었다. 그러자 그는 손에 들고 있던 거대한 나무줄기로 성을 여러 번 후려쳤다. 금세 탑이 무너지고 보루가 부서졌다. 이렇게 그는 간단하게 성을 제압했다.

성을 제압한 가르강튀아 일행은 계속 진군했다. 그들이 물방앗간 근처 다리에 도착했을 때 여울 전체가 시체로 덮여 있는 것을 볼 수 있었다. 시체가 너무 많아 방앗간 수로마저 막혀 있었다. 암말의 오줌에 익사한 적들의 시체였다. 그곳에서 그들은 시체로 가득 찬 여울을 어떻게 건널 것인지 궁리했다.

그러자 짐나스트가 말했다.

"악마들이 지나간 길인데 제가 못 지나갈 리 있겠습니까."

외데몽이 그 말에 화답했다.

"그래, 악마들이 지옥에 떨어질 저자들의 영혼을 끌고 가면서 분명히 이 여울을 건넜을 거야."

짐나스트가 말에 박차를 가했다. 그의 말은 시체를 전혀 겁내지 않았다. 평소에 죽은 영혼과 시체를 두려워하지 않게끔 훈련한 말들이었기 때문이다. 『일리아스』에 나오는 디오메데스나 오디세우스처럼 시체를 말굽에 매달고 달리는 어려운 훈련을 시킨 것은 아니었다. 사료인 건초 속에 인형을 집어넣고 먹이를 줄 때마다 늘 그 인형을 밟고 지나가게 했던 것이다.

짐나스트가 앞장서고 나머지 사람들이 뒤를 따르며 일행은 무사히 베드 여울을 건넜다.

베드 강가를 벗어난 지 얼마 되지 않아 그들은 가르강튀아를 애타게 기다리고 있던 그랑구지에의 성에 이르렀다. 가르강튀아가 도착하자 모두들 그를 반갑게 영접했다. 사람이 사람을 그보다 더 반갑게 맞이한 예는 아직 이 세상에 없다고 봐야 할 것이다. 일설에 따르면 가르강튀아의 어머니 가르가멜이 너무 반가운 나머지 죽어버렸다는 이야기가 있을 정도니 말이다. 그러나 나로서는 정확한 진실은 알 수가 없고, 사실 그녀건 누구건 여자에게는 관심이 없다. 내가 말하고 싶은 진실은 가르강튀아가 옷을 갈아입고 빗으로 머리를 손질하다가 한 번 빗질에 대포알을 일곱 개 이상씩 떨어뜨렸다는 사실이다. 베드 숲 공격 때 머리카락 사이에 남아 있던 것들이었다. 포노크라트는 대포알 하나를 들어 올리며 가르강튀아의 무용담을 이야기한 후 이렇게 말했다.

"행운은 이제 우리 편입니다. 이때 계속 진군해야 합니다.

기회의 신은 이마에만 털이 나 있습니다. 일단 지나가버리면 아무리 불러도 소용없습니다. 뒤쪽은 대머리라서 잡을 수도 없습니다."

그러자 그랑구지에가 대답했다.

"좋은 의견이오. 하지만 지금은 그럴 때가 아니오. 오늘은 일단 잔치를 합시다. 우리가 여러분을 위한 환영 잔치도 열지 않는다면 어디 말이 되겠소?"

그랑구지에의 말이 끝나자 사람들은 저녁 식사를 준비했다. 사람들은 황소 열여섯 마리, 암소 세 마리, 송아지 서른두 마리, 새끼 염소 예순세 마리, 양 아흔다섯 마리, 젖먹이 새끼 돼지 300마리, 메추리 220마리, 도요새 700마리, 수탉 40마리, 병아리와 비둘기 각 6,000마리, 들꿩 600마리, 산토끼 1,400마리, 거세한 수평아리 1,700마리를 구웠다. 그 외에 각 수도원과 영지에서 보내준 각종 들짐승도 함께 구웠다. 모자란 것 하나 없는 음식이 풍성하게 준비되었는데 모두 요리의 신이라고 불릴 만한 일급 요리사가 조리를 담당했다.

그곳에서 식사 도중 일어난 재미있는 이야기를 해야겠다. 낭트 근처의 생 세바스티앵에서 온 여섯 명의 순례자들에게 벌어진 일이다. 그들은 순례를 마치고 돌아오는 길에 전쟁을 만났다. 그들은 두려워서 밭에 있는 커다란 양배추와 상추 사이에 숨어 있었다. 가르강튀아는 목이 말라서 샐러드를 먹고 싶었다. 그는 이 근처에 샐러드 감으로 좋은 상추가 있느냐고 물었다. 그는 자두나무나 호두나무만 한 크기의 훌륭한 상추가 있다는 말을 듣고 직접 가서 좋아 보이는 것을 따왔다. 이때 잔뜩 겁이 나 감히 말이나 기침 소리조차 내지 못하던 순례자들이 함께 딸려 왔다.

가르강튀아는 먼저 샘에서 상추를 씻었다. 순례자들은 작은 소리로 말을 나누었다.

"어떻게 하려는 거지? 이 상추 속에 있다가는 익사하게 생겼어. 우리가 여기 있다고 말을 할까? 아니, 그랬다가는 우리를 첩자로 알고 죽여버릴 거야."

그들이 그렇게 소곤대는 동안 가르강튀아는 그들을 상추와 함께 어마어마하게 큰 접시에 담았다. 그러고는 기름과 식초, 소금을 곁들여서 샐러드를 만들어 먹었다. 저녁 식사가 시작되기 전에 갈증을 없애기 위해서였다. 그때 순례자 다섯 명도 함께 삼켜버렸다. 여섯 번째 순례자는 순례 지팡이만 상추 위로 드러내고 몸은 그 아래 숨긴 채 접시 안에 남아 있었다. 그것을 본 그랑구지에가 가르강튀아에게 말했다.

"달팽이 더듬이 같은 게 있네. 먹지 마라."

"왜요? 요즘이 달팽이 맛이 좋을 땐데요."

가르강튀아는 말과 함께 지팡이를 잡아당겨 순례자를 함께 들어 올리더니 단숨에 입안에 넣었다. 그런 후 그는 포도주를 한 모금 들이켰다.

순례자들은 가르강튀아의 맷돌처럼 생긴 이빨 밖으로 도망치려고 기를 썼다. 그들은 자신들이 깊은 지하 감옥에 던져진 것이라고 생각했다. 가르강튀아가 엄청난 양의 포도주를 마시자 그들은 익사하는 줄 알았다. 포도주 격류에 위까지 휩쓸려 갈 뻔했다. 하지만 순례 지팡이를 짚고 버텨서 이빨 가장자리로 겨우 피신할 수 있었다.

그런데 그들 중 한 명이 자신들이 피신한 곳이 안전한지 알아보려고 순례 지팡이로 이빨 주변을 더듬기 시작했다. 다행인지 불행인지, 그는 충치가 생겨 파인 곳을 심하게 건드렸다. 가르강튀아는 갑자기 이빨이 심하게 아프자 고함을 지르기 시작했다. 그리고 고통을 진정시키기 위해 이쑤시개를 가져오게 한 후 이빨을 쑤시기 시작했다. 순례자들에게 다행이었던 것은 가르강튀아가 예의가 바른 사람이었다는 사실이다. 그는 식탁에서 이빨을 쑤시는 모습을 보이기 싫어 호두나무 있는 곳으로 와서 이빨을 쑤셨다. 정확히 말하자면 이빨 사이에 숨어 있던 순례자들을 밖으로 몰아낸 것이다. 이렇게 해서 겨우 가르강튀아의 입에서 벗어난 순례자들은 포도밭을 빠른 걸음으로 지나 도망쳤고 가르강튀아의 고통은 진정되었다.

포도주를 마신 가르강튀아는 오줌이 마려웠다. 그가 엄청난 양의 오줌을 싸는 바람에 순례자들이 가던 길이 막혀 그들은 관개용 수로를 지나야만 했다. 그리고 숲을 지나오다가 늑대를 잡으려고 파놓은 덫에 걸렸다. 다행히 덫에 걸리지 않은 푸르니이예가 올가미를 잘라준 덕에 빠져나왔다. 그날 밤 그들은 겨우 쿠드레 성 근처에서 오두막을 발견할 수 있었다. 그곳에서 쉬면서 라달레라는 동료가 이 모험은 『구약』「시편」에 이미 예언되어 있던 것이라고 설명해주었고, 그들은 라달레가 암송하는 소리를 들으면서 잇달아 "하느님, 아멘!"을 외쳐댔다.

"그때 저희의 노가 우리에 대해 맹렬하여 우리를 산 채로 삼켰을 것이며, 이는 우리가 소금 양념이 된 샐러드로 먹혔을 때고, 그때 저희의 노의 불길 속에서 물이 우리를 엄습하며, 이는 그가 엄청나게 마셨을 때고, 우리 영혼이 격류를 지났고, 우리가 넓은 관개용 수로를 지났을 때고, 아마 우리 영혼이 견딜 수 없는 물을 건널 수 있었으리라. 이는 오줌이 우리 길을 막았을 때니라. 우리를 저들의 이에 씹히지 않게 하신 여호와를 찬송할지어다. 우리 혼이 새가 되어 올무에서 벗어남같이 되었나니 이는 우리가 덫에 걸렸을 때를 말함이라. 올무가 끊어지므로 이는 푸르니이예가 한 것이고 우리가 벗어났도다. 우리의 도움은…… . 어쩌고저쩌고…… ."

라달레의 경건한 기도에 따라 아, 우리의 순진한 순례자들은 『구약』의 말씀을 한 치 어긋남 없이 행하는 성자가 되었던 것이니, 오, 하느님을 경배할지어다, 아멘.

제9장 가르강튀아, 우리의 수도사 장을 만나다

　　　　　　가르강튀아가 열심히 음식을 먹어치우는 동안 그랑구지에는 왜 이 전쟁이 일어나게 되었는지 그에게 설명했다. 이야기가 장 데 장토뫼르 수도사의 무용담에 이르자 그랑구지에는 그가 거둔 빛나는 전과가 역사상 어느 누구도 이루지 못한 것이라고 찬양했다. 가르강튀아는 즉시 사람을 시켜 그를 불러오기를 아버지에게 청했다. 그와 함께 앞으로 할 일을 상의하기 위해서였다. 집사장이 그를 데리러 갔다. 얼마 지나지 않아 십자가 지팡이를 든 수도사가 노새를 타고 왔다.

　　그가 도착하자 모두 반가움의 인사말, 애정 표시, 포옹을 그에게 퍼부었다. 장 수도사도 매우 즐거워했다. 그보다 더 사람 좋고 예의 바른 사람은 없었다. 가르강튀아가 그에게 말했다.

"자, 자, 이쪽으로 오시오. 내 곁 의자에 앉아요."

우리가 이미 알고 있다시피 장 수도사는 여느 수도사와는 달리 자유분방했다. 그는 가르강튀아 옆자리에 앉자마자 물을 청했는데 그것도 이런 식이었다.

"시종아, 어서 물 가져오너라. 자, 부어라, 어서 부으라고. 물이 내 간을 시원하게 해줄 거야. 목을 헹구게 어서 부어라."

그는 짐나스트와 걸쭉한 농담을 주고받은 뒤에 다시 말했다.

"아, 즐겁구나! 시종아, 마실 것을 다오! 하느님, 우리에게 이 좋은 포도주를 주시다니 하느님은 정말 선하신 분입니다! 하느님께 고백하거니와 제가 예수 그리스도 시절에 살았더라면, 저는 유대인들이 그분을 감람나무 동산으로 끌고 가게 내버려두지 않았을 겁니다. 착하신 스승을 곤경에 처하도록 내버려둔 채 비겁하게 도망쳐버린 사도 나리들의 오금을 분명하게 끊어버렸을 겁니다. 저는 칼을 들어야 할 때 줄행랑을 치는 놈들을 뱀보다 더 싫어하거든요.

어이, 내 친구, 돼지고기를 좀 주게. 제기랄! 포도주 잔이 비

었군. 그래, 더 부으라고. 이 포도주는 아주 좋은데……. 파리
에서는 어떤 포도주를 드셨습니까? 제가 그곳에서 여섯 달
넘게 식당 문을 열어놓고 찾아오는 사람을 모두 대접했던 적
이 있지요. 거짓말이라면 악마가 저를 잡아가도 좋습니다. 혹
시 바루아 지방의 클로드 형제를 아시나요? 아주 좋은 동료
였지요. 그런데 무슨 벌레에 물린 걸까요? 언제부터인지 모르
지만 지금은 공부만 한답니다.

저요? 저는 공부와는 담을 쌓았습니다. 우리 수도원에서는
유행병이라도 걸릴까 봐 공부를 전혀 안 한답니다. 돌아가신
신부님께서는 유식한 수도사를 보는 것보다 끔찍한 일은 없
다고 말씀하시곤 했지요. 왜, 이런 말도 있잖습니까? '가장 위
대한 성직자들이 가장 지혜로운 자들은 아니다.'

대신 저는 사냥을 좋아하지요. 금년에는 정말 산토끼를 수
없이 보았습니다. 저는 새 그물을 쓰는 걸 좋아하지 않아요.
새가 걸리길 기다리다간 감기 걸리기 딱 알맞지요. 몸을 움직
이지 않으면 사지가 쑤신답니다. 울타리와 덤불을 뛰어넘다
보면 옷이 찢어지기도 하지만……. 쓸 만한 사냥개를 한 마리
구했지요. 산토끼 한 마리라도 그놈에게서 도망갈 수 있다면,

맹세코, 제가 악마에게 잡혀가겠습니다. 근데 한 하인 놈이 그 개를 어떤 절름발이 나리에게 몰래 갖다 바쳤답니다. 그래서 제가 도로 빼앗아 왔지요. 제가 나쁜 짓을 한 건가요?"

짐나스트가 대답했다.

"아니지요, 정말 아니라니까요. 모든 악마들을 걸고 하는 말이지만, 정말 아닙니다."

"그렇다면 그 악마들을 위해 건배합시다. 제기랄! 그 절름 발이가 도대체 개를 데려다 뭐하려고 한 거지? 그런 친구에 게는 개 대신 소나 한 쌍 선물하는 게 나았을 텐데!"

장 수도사가 짐나스트와 맞장구를 치며 길게 떠들고 나자 외데몽이 말했다.

"기독교인으로서 제 신앙에 걸고 말하는데 이분은 정말 사람 좋고 예의 바른 수도사네요. 저를 깊은 생각에 잠기게 합니다. 이분은 정말이지 우리 모두를 즐겁게 해주네요. 그런데 왜 사람들은 수도사들에게 손가락질을 하는 걸까요? 왜 그들이 모두의 흥을 깬다며, 벌통 근처에서 말벌들을 쫓아버리듯 사교 모임에서 배척해버리는 걸까요?"

그러자 가르강튀아가 대답했다. 모든 학문을 섭렵한 그는 이미 포노크라트만큼이나 풍부한 학식과 지혜를 자랑할 수 있었다.

"북풍이 바람을 모으듯이 수도사의 옷이 치욕과 욕설, 저주를 불러온다는 것은 너무나 자명한 사실이오. 그들이 세상 사람들의 똥, 다시 말해 죄악을 다 먹기 때문이라오. 집에서 변소를 떼어놓는 건 당연한 일 아니겠소? 그래서 그들을 사교 모임에 못 오게 하고 변소에, 다시 말해 그들의 수도원에 내버려두는 것이오.

여러분, 집 안에 원숭이가 한 마리 있으면 조롱만 받는다는 걸 잘 알고 있지 않소? 그와 똑같은 거요. 원숭이는 개처럼 집을 지키지도, 소처럼 쟁기를 끌지도 못하지요. 암양처럼 젖이나 털을 주는 것도 아니고, 말처럼 짐을 운반하는 것도 아니고. 원숭이가 하는 짓이라곤 여기저기 똥칠하고 닥치는 대로 망가뜨리는 것뿐이지요. 그래서 모든 사람에게 조롱당하고 몽둥이로 얻어맞는 거지요.

수도사들은 무위도식하면서 농부처럼 밭을 갈지도 않고, 군인처럼 나라를 지키지도 않으며, 의사처럼 병자들을 고치지도 않고, 신학자나 교사처럼 남을 가르치지도 않고, 상인처럼 필수품을 사람들에게 제공하지도 않소. 그러니 그들을 싫어하고 멀리하는 건 당연한 일 아니겠소?"

그랑구지에가 맞장구를 쳤다.

"과연 그렇구나. 하지만 그들은 우리를 위해 하느님께 기도를 드리기는 하지."

가르강튀아가 대답했다.

"기도는 거의 하지 않지요. 종을 마구 쳐서 이웃 사람들을 성가시게 할 뿐이지요."

수도사가 맞장구를 쳤다.

"정말 그렇지요. 미사와 새벽 기도, 저녁 기도는 종만 잘 치면 절반은 한 거니까요."

가르강튀아가 말했다.

"그들은 성인 전기를 아무 생각 없이 웅얼대고 자신들이 전혀 이해 못 하는 「시편」을 웅얼댈 뿐이라오. 그러면서 긴 아베 마리아 찬송을 비계 섞듯 집어넣고 수많은 기도문을 지껄여댑니다. 이건 기도가 아니라 하느님에 대한 조롱입니다. 만일 그들이 자신들의 빵과 수프를 잃을 것이 걱정되어서가 아니라 진심으로 우리를 위해 기도하는 것이라면 그들에게 하느님의 가호가 있기를!

진정한 기독교인은 때와 장소를 가리지 않고 하느님께 기도를 드립니다. 그러면 성령이 임하여 은총을 베풀어주시지요. 지금 여기 우리와 함께 있는 장 수도사가 바로 그런 사람입니다. 누구나 그가 곁에 있어주길 원합니다. 그는 편협한 신앙심을 갖고 있지도 않고, 누더기를 걸치지도 않고, 성실하고 쾌활하며, 결단력이 있는 좋은 동료입니다. 그는 일하며 수고하는 자들, 박해받는 자들을 보호해주고, 상심한 자들을 위로해주며 고통받는 자들을 도와주고, 무엇보다 수도원의 포도밭을 지켰습니다."

그러자 장 수도사가 말했다.

"저는 그보다 더 많은 일을 하지요. 저는 우리의 새벽 기도와 추모 예배는 후다닥 해치우지요. 그러고는 강철로 된 활의 줄을 꼬고, 화살을 다듬고, 토끼를 잡을 그물과 올가미를 만들지요. 저는 결코 그냥 놀고먹을 줄 모릅니다. 자, 마실 것을 다오! 과일도 가져와라. 여기 좋은 밤이 있구나. 좋은 새 포도주와 함께 먹으면 방귀를 잘 뀔 수 있지요."

짐나스트가 그에게 말했다.

"장 수도사님, 그, 코에 매달린 콧물 좀 닦을 수 없나요?"

수도사가 대답했다.

"하! 하! 왜? 코가 콧물에 잠겨 익사할까 봐요? 아니, 아니에요. 왜냐? 콧물은 코에서 나오면 다시 코로 들어가는 법이 없거든요. 코는 포도주로 해독 처리가 잘 되어 있으니 아무 걱정 말아요!"

가르강튀아가 장 수도사의 코를 보고 말했다.

"장 수도사는 어떻게 해서 저렇게 멋진 코를 가지게 된 걸까요?"

그랑구지에가 대답했다.

"하느님께서 그러길 원하셨기 때문이지. 옹기 장수가 항아리를 빚듯이 하느님은 그분의 신성한 뜻에 따라 우리를 용도에 맞게 이렇게 만드신 거야."

그러자 포노크라트가 말했다.

"그가 코를 파는 시장에 제일 먼저 갔기 때문입니다. 그중에서 가장 멋지고 큰 코를 고른 거지요."

그러자 수도사가 말했다.

"이랴, 앞으로! 수도원의 철학에 따라 말씀드리지요. 제 유모의 젖통이 너무 물렁거렸기 때문이랍니다. 젖을 먹으면서 제 코가 그 속에 파묻혀 반죽 통 속의 반죽처럼 길게 늘어난 거랍니다. 유모의 젖통이 딱딱하면 납작코가 되지요. 어쨌든 기운을 냅시다요, 기운을 내! 시종아, 나는 과일 잼은 절대 안 먹는다! 자 마실 것을! 그리고 구운 고기도 함께!"

저녁 식사를 끝내고 나서 그들은 절박한 지금의 사태에 대해 논의했다. 그리고 자정쯤에 적들의 동향을 살피기 위해 척후병을 보내기로 결정했다. 그사이 원기를 되찾기 위해 잠시 쉬기로 했다. 그런데 어찌 된 일인지 가르강튀아는 잠을 이룰 수 없었다. 이를 보고 수도사가 말했다.

"저도 설교를 듣거나 하느님께 기도를 드릴 때 외에는 편하게 잠을 자지 못하지요. 편하게 잠에 드시려면 저와 함께 일곱 「시편」을 읽으실 것을 전하께 청합니다."

수도사의 제안에 따라 둘이 「시편」을 읽기 시작했고 "복이 있도다"라는 대목에 이르러 둘 다 잠이 들어버렸다.

자정 전에 수도사는 어김없이 잠에서 깼다. 수도원의 새벽 기도 시간에 익숙해 있었기 때문이다. 잠에서 깨자 그는 큰 소리로 노래를 불러 자는 사람들을 다 깨웠다. 모두들 일어나자 그가 말했다.

"여러분, 새벽 기도는 기침하는 것으로 시작하고 저녁 식사는 술 마시는 것으로 시작한다고들 하지요. 우리 거꾸로 해봅시다. 이제 술 마시는 것으로 새벽 기도를 시작하고 저녁 식사 하기 전에 누가 기침을 크게 하는지 내기를 해보도록 하지요."

그러자 가르강튀아가 대답했다.

"자고 나서 바로 술을 마시는 건 의학에 어긋나는 일이오. 먼저 위에서 노폐물을 제거해야 하는 법이오."

수도사가 대답했다.

"아주 의학적인 말씀이네요. 그런데 맹세코, 오래 사는 의사보다는 오래 사는 술꾼이 많답니다. 저는 식욕과 계약을 맺었지요. 언제나 저와 함께 잠자리에 들 것, 낮에는 제가 정한 순서를 따를 것, 아침에 저와 함께 일어날 것을 계약했습니다. 전하, 환약을 써서 토하도록 하십시오. 저는 식욕을 돋우는 제 나름의 토사제를 쓰겠습니다."

가르강튀아가 물었다.

"어떤 토사제를 말하는 거요?"

"제 성무 일과서지요. 저는 새벽에 작고 즐거운 성무 일과서를 읽으면 가슴이 후련해지고 마실 준비가 된답니다."

"그대는 성무 일과서를 어떻게 활용하시오?"

"페캉에 있는 베네딕트 수도원에서 하는 방식을 따른답니다. 아주 짧게 하거나 원하지 않는 사람은 아예 하지 않는 식이지요. 저는 결코 성무 일과서에 얽매이지 않습니다. 성무 일과가 사람을 위해 만들어진 것이지 사람이 성무 일과를 위해 만들어진 것은 아니지 않습니까? '짧은 기도는 하늘나라로 들어가고 긴 음주는 술잔을 비운다.' 이런 말을 어디서 본 것 같은데 어디 쓰여 있더라?"

포노크라트가 말했다.

"이 친구 분은, 정말이지, 나도 어쩌지 못하겠네. 이 불알이 꽉 찬 친구여, 그대는 정말 물건이오!"

"그 점에서라면 당신도 못지않아요. 제가 당신을 닮은 셈이죠. 그러니 술 마시러 오라!"

구운 고기와 수프가 차려지자 수도사는 마음껏 마셨다. 그를 따라 마시는 사람들도 있었지만 삼가는 사람들도 있었다.

그리고 각자 무장을 하고 장비를 갖추었다. 가르강튀아는 수도사를 억지로 무장시켰다. 수도복을 입고 십자가 지팡이를 드는 것 외에는 무장을 하지 않으려 했기 때문이다. 그는 가르강튀아의 뜻대로 머리부터 발끝까지 무장하고 옆구리에 칼을 찬 채 말에 올랐다. 이어서 그 나라에서 가장 용감한 스물다섯 명의 전사들이 단단히 무장을 갖춘 후 긴 창을 들고 말에 올랐다. 그리고 각자 말 엉덩이에 화승총 사격수들을 태웠다.

고귀한 기사들은 무시무시한 대결전을 앞두고 굳은 각오를 다지며 길을 떠났다. 수도사는 다음과 같은 말로 그들을 격려했다.

"여러분, 겁내지도 말고 주저하지도 마십시오. 제가 여러분을 안전하게 이끌 것입니다. 하느님께서 우리와 함께하시기를! 제가 힘만 된다면 오리 깃털을 뽑듯이 그들의 껍데기를 벗길 겁니다. 대포가 조금 무서울 뿐이지 총알은 겁나지 않아요. 싸움터에서 총알로부터 우리를 보호해준다는 기도를 알고 있기 때문은 아니랍니다. 난 그 기도를 전혀 믿지 않아요. 그러니 제게서 기도의 도움을 바라지는 마세요.

하지만 제 지팡이는 믿으십시오. 이 지팡이는 악마같이 놀라운 일도 할 테니까요. 만일 여러분 중 누가 암오리처럼 전쟁터에서 도망치려 한다면 그를 수도사로 만들어 제 수도복을 입힐 겁니다. 이 옷은 사람들의 비겁함을 고쳐주지요. 여러분, 이런 이야기 아시나요? 사냥하는 데 아무 쓸모 없는 사냥개가 있었죠. 그 개의 목에 수도복을 걸치게 해주었더니, 하느님 맙소사, 그 개한테서 도망친 산토끼나 여우가 한 마리도 없었답니다. 그뿐인 줄 아세요? 그 전에는 기운도 없고 불감증과 발기부전에 시달리던 그 개가 그 고장의 모든 암캐들을 독차지해버렸다고요."

수도사는 신이 나서 앞도 보지 않고 말을 몰았다. 그런데 호두나무 앞을 지나다가 부러져 늘어진 가지에 투구가 걸려버렸다. 그는 그 상태 그대로 말에 박차를 가했다. 그러자 말이 앞으로 뛰어올랐다. 투구를 빼내려고 고삐를 놓고 있던 수도사는 높은 나뭇가지를 붙잡은 채 대롱대롱 매달릴 수밖에 없었다.

그가 대롱대롱 호두나무에 매달려 있는 모습을 보고 다들 그를 놀리며 재미있어했다. 그중 가장 재미있어한 것은 짐나스트였다.

"그대로 가만히 있어요, 귀여운 친구. 내가 구해주지요. 귀여운 꼬마 수도사. 나는 목 매달린 자들을 수없이 보았지만 이렇게 우아하고 멋진 자세로 매달린 건 처음 봅니다. 나도 그런 자세를 취할 수 있다면 평생 그렇게 매달려 있고 싶군요."

수도사가 말했다.

"설교 그만해요! 나도 안 할 테니! 제발 도와줘요. 내가 걸치고 있는 옷을 걸고 하는 말인데, 만일 나를 즉시 안 도와준다면 당신은 언젠가 크게 후회하게 될 거요."

짐나스트는 큰 소리로 웃음을 터뜨리며 호두나무에 기어올랐다. 그는 한 손으로 수도사의 겨드랑이를 잡아 그를 들어 올리더니, 다른 한 손으로는 나뭇가지에 걸린 투구를 벗겼다. 그런 후 수도사를 땅바닥에 내려놓고 자신도 내려왔다.

땅에 내려오자 수도사는 갑옷을 전부 벗더니 그 조각들을 차례로 들판에 던져버렸다. 그러고는 십자가 지팡이를 짚고 외데몽이 붙잡아 온 말에 다시 올랐다.

그런 후 일행은 솔레를 향해 길을 재촉했다.

제10장 드디어 본격 전쟁이 시작되다

첫 번째 승리

피크로콜은 악마들이 자기 병사들을
모두 물리치고 트리페를 죽여버렸다는 보고를 받고 격노했
다. 짐나스트의 활약상을 패잔병들이 돌아가서 보고한 것이
다. 그들은 여전히 짐나스트를 악마로 알고 있었다. 그는 밤새
도록 작전 회의를 열었다. 회의에서 아티보(성급한 자)와 투크디
용은 피크로콜 왕의 위세가 워낙 대단해서 지옥의 모든 악마
들이 몰려오더라도 물리칠 수 있을 것이라고 단언했다.

피크로콜은 지역 정찰을 위해 티라방(도망자) 백작의 지휘
아래 1,600명의 정찰대를 파견했다. 그들은 모두 성수를 몸에

뿌리고 스카프에 별 모양의 휘장을 달았다. 혹시 악마를 만나면 그 효력으로 그들을 물리치기 위해서였다. 정찰대는 가는 길에 아무도 만나지 못하다가 목동들의 오두막에 도착했을 때 여섯 명의 순례자를 발견했다. 그들은 순례자들이 애걸복걸했음에도 불구하고 밧줄로 결박하고 엮어서 데리고 갔다.

정찰대가 계속 앞으로 행군해서 쇠이예 쪽으로 내려가자, 그들의 행군 소리가 가르강튀아에게 들렸다. 그가 부하들에게 말했다.

"자, 여러분, 이제 전투를 시작할 때가 된 것 같아. 그런데 저들이 우리보다 열 배 이상 많군. 우리가 먼저 저들을 공격해야 할까?"

수도사가 말했다.

"그것 말고 우리가 달리 할 일이 있나요? 전하께서는 사람들을 용기와 대담성으로 판단하십니까, 아니면 숫자로 판단하십니까?"

그러고는 외쳤다.

"쳐부수자, 악마같이 쳐부수자!"

이 소리를 들은 적들은 그들이 진짜 악마라고 생각하고는 티라방을 남겨놓은 채 모두 전속력으로 도망가기 시작했다. 이름에 어울리려면 싸움이 시작되기 전에 도망갔어야 할 티라방은 엉겁결에 도망가지도 못했다. 어쨌든 그는 긴 창을 잡고 수도사의 가슴에 일격을 가했다. 그러나 창은 무시무시한 수도복과 부딪치자 양초처럼 뭉그러졌다. 수도사가 십자가 지팡이로 그의 목과 목덜미 사이 어깨를 내리치자 그는 말 아래로 떨어졌다.

수도사는 쏜살같이 도망가는 자들을 뒤쫓아 뒤에 처진 자들을 좌충우돌 후려쳤다. 그러자 짐나스트가 적들을 추격할 것인지 가르강튀아에게 물었다. 가르강튀아가 대답했다.

"결코 그래서는 안 돼. 진정한 병법에 따르면 적을 절망에 몰아넣어서는 안 되거든. 그런 처지에 놓이면 거꾸로 힘을 내고 용기를 갖게 되는 법이야. 저렇게 얼이 빠진 자들에게는 어떤 구원의 희망도 없게 만드는 것보다 더 큰 구원은 없지. 패전의 소식을 전할 단 한 명도 남기지 않고 적을 섬멸하려다가 얼마나 많은 승자들이 거꾸로 패자가 되었는지! 적에게 길을 열어주고 차라리 그들이 무사히 돌아갈 수 있도록 다리를 만들어주도록 해!"

"지당하신 말씀입니다. 그런데 우리의 수도사가 그들 무리 속에 있습니다."

"수도사가 그들 사이에 있다고? 내 명예를 걸고 말하지만 적들이 곤욕을 치를 거야. 어쨌든 아직 철수하지는 말고 조용히 기다려보자고."

그들이 그렇게 호두나무 밑에서 쉬고 있는 동안 수도사는 손에 걸리는 자는 하나도 용서하는 법 없이 공격을 가했다. 수도사는 추격을 계속하다가 말 뒤에 가련한 순례자 한 명을 태우고 가는 기사와 마주쳤다. 수도사가 공격하려 하자 순례자가 소리쳤다. 그는 수도복을 보자 반가워 소리쳤다.

"아, 수도원장님, 제 친구 수도원장님, 제발 저를 구해주십시오."

이 말을 듣고 꽁지가 빠지게 도망가던 적들이 뒤를 돌아보았다. 그들은 자신들을 따라오는 것이 수도사 한 명뿐이라는 것을 알았다. 그들은 일제히 뒤돌아서 수도사를 공격했다. 중과부적이라고 아무리 용감한 수도사도 그들을 한꺼번에 당할 수는 없었다. 그들은 수도사를 말에서 끌어내려 무차별로 두들겨 팼다. 하지만 수도사는 아무 고통도 느끼지 않았고 특히 그들이 수도복 위를 가격할 때는 그저 간지러운 뿐이었다. 그만큼 그의 피부는 단단했다. 그들은 가르강튀아가 부하들과 함께 도망간 것으로 생각하고는 수도사를 감시하도록 두 명의 궁수를 남겨둔 채 호두나무 숲이 있는 곳으로 신속히 달려갔다. 그들은 곧 가르강튀아 일행을 따라잡을 수 있었다.

가르강튀아는 그들의 말발굽 소리를 듣고는 부하들에게 말했다.

"친구들, 적들의 행군 소리가 들리는구나. 벌써 몇 놈 눈에 띄는군. 여기 다시 모여서 대열을 갖추고 전진하라. 명예롭게 맞싸워라."

장 수도사는 적들이 무질서하게 떠나는 것을 보고 그들이 가르강튀아를 공격하려는 것임을 알았다. 자신이 가르강튀아를 도울 수 없는 처지에 놓인 것을 애석해했음은 물론이다. 그는 자신을 지키고 있는 두 명의 궁수들을 살펴보았다. 그리고 그들이 무엇이라도 좀 챙기려고 자기 부대를 뒤쫓아 가고 싶어한다는 것을 알았다. 그들은 자기 부대가 떠난 계곡 쪽만 계속 바라보고 있었던 것이다. 그는 다음과 같은 추론을 했다.

'여기 이놈들은 완전 신참들이로구나. 내게 도망가지 않겠다는 서약도 요구하지 않고 칼도 빼앗지 않다니.'

그는 갑자기 칼을 빼어 들고 그를 붙잡고 있던 궁수를 내리쳐 단숨에 요절냈다. 그러고는 다른 궁수에게 돌진했다. 그러자 그 궁수가 놀라서 소리쳤다.

"아, 수도원장님, 항복합니다! 아, 저의 좋은 친구 수도원장님!"

만일 그가 '수도원장님!'이라는 호칭만 사용하지 않았더라도 무사했을지 모른다. 그는 즉각 수도사의 칼날 아래 이승을 하직하고 말았다.

수도사는 말에 박차를 가하며 적들이 진군했던 쪽으로 말을 달렸다. 그때 적들은 이미 가르강튀아와 그의 동료들과 마주쳤다가, 큰 나무줄기를 든 가르강튀아와 짐나스트, 포노크라트, 외데몽, 그리고 또 다른 부하들의 손에 큰 피해를 입고 도망가는 중이었다. 그들은 자신들이 왜 이런 처지가 됐는지 알지도 못한 채 무작정 도망치고 있었다.

수도사는 그들이 도망치는 것 외에는 아무 생각이 없는 것을 보고 말에서 내렸다. 그러고는 큰 바위 위에 올라가 마구 칼을 휘둘렀다. 너무 많은 적을 죽이는 바람에 그만 칼이 두 동강 나고 말았다. 그러자 그는 이만하면 충분하다고 생각하고 나머지는 돌아가 소식을 전하게끔 남겨두자고 마음먹었다.

그는 나자빠진 자들에게 다가가 도끼를 하나 집어 들더니 바위 위로 올라가, 그러고는 그들에게 무기는 몽땅 버리고 가라고 명령했다. 적들이 도망치는 모습을 여유 있게 바라보았다. 그리고 묶인 순례자들을 태우고 가던 자들에게는 말에서 내려서 그 말들을 순례자들에게 주라고 명령했다. 순례자들은 자신이 포로로 잡은 투크디용과 함께 길가에 남아 있게 했다. 그 와중에 그가 세운 가장 큰 공로는 바로 적장 투크디용을 포로로 잡은 일이었다. 투크비용은 공로를 세우고 싶은 생각에 정찰대에 남몰래 합류했다가 장 수도사에게 사로잡힌 것이다.

교전이 끝나자 가르강튀아는 부하들과 함께 그랑구지에에게 돌아왔다. 단지 장 수도사만이 그들과 동행하지 못했다. 그랑구지에가 장 수도사의 안부를 묻자 가르강튀아는 틀림없이 적들에게 잡혀간 것이라고 대답했다.

그랑구지에는 그들이 원기를 회복하도록 아침 식사를 잘 차리라고 명령했다. 식사 준비가 되었지만 가르강튀아는 수도사가 걱정되어 아무것도 먹거나 마시려 하지 않았다.

그때 갑자기 수도사가 나타나더니 외쳤다.

"자, 시원한 포도주, 시원한 포도주를 주시오, 내 친구 짐나스트!"

짐나스트는 반갑게 뛰쳐나갔다. 장 수도사는 다섯 명의 순례자와 포로인 투크비용을 데리고 있었다. 가르강튀아도 뛰쳐나가 그를 반갑게 맞이한 후 그랑구지에에게 데려왔다. 장 수도사는 그간 벌어진 일들을 설명했다. 다들 박수를 치며 즐거워했고 곧 잔치를 벌이기 시작했다.

식사를 하는 동안 그랑구지에는 순례자들에게 어디 출신이며, 어디에서 와서 어디로 가는지 물었다. 그들 중 대표자 격인 라달레가 대답했다.

"전하, 저는 베리 지방의 생 주누 출신입니다. 저희는 낭트 근처의 생 세바스티앵에서 오는 길입니다. 그곳에 순례를 하고 돌아가는 길입니다."

"그랬군. 그런데 무엇 하려고 생 세바스티앵에 갔었나?"

"저희는 세바스티앵 성인께 흑사병을 막아달라고 기도하러 갔었습니다."

"오, 불쌍한 친구들 같으니라고. 자네들은 정말 흑사병을 성 세바스티앵께서 보내셨다고 생각하는가?"

"예, 신부님들이 설교에서 그렇게 말씀하셨거든요."

"그래? 가짜 예언자들이 그런 악습을 전했단 말이지? 하느님의 의인과 성인을 그런 식으로 모욕했단 말이지? 그분들을 사람들에게 불행을 가져오는 악마와 같은 존재로 만들었단 말이지? 나는 그런 허무맹랑한 소리를 지껄이는 자들은 내 영토에 들어오지 못하게 한다. 그대들의 왕이 그런 터무니없는 설교를 하는 자를 용서하다니, 정말 놀라운 일이 아닐 수 없구나. 설사 마법으로 온 나라에 흑사병을 퍼뜨리는 자가 있다 하더라도 그놈들 죄는 오히려 가볍다고 볼 수 있다. 흑사병은 우리 육신을 해치지만 그런 설교를 하는 사기꾼들은 우리 영혼을 해치는 자들이기 때문이지."

그때 장 수도사가 들어와 그들에게 물었다.
"자네들은 어디 출신인가, 이 불쌍한 친구들아."

"생 주누에서 왔습니다."

"그렇다면 술고래 트랑슈리옹 신부는 잘 계신가? 수도사들은 여전히 기름지게 잘 먹는가? 제길, 자네들이 순례를 하는 동안 수도사들이 자네들 부인에게 손을 댔을 거야."

라달레가 헛기침을 하며 말했다.

"흠, 흠, 저는 마누라 걱정은 안 합니다. 낮에 그 여편네를 본 사람이라면 밤에 그녀를 만나려고 안달할 사람은 없을 겁니다."

그러자 수도사가 말했다.

"패를 잘못 읽어도 보통 잘못 읽는 게 아니구먼. 그녀가 아무리 못생겼어도 상관없어. 주변에 그녀를 흔들어줄 수도사는 널려 있는 법이거든. 좋은 일꾼이 언제 연장 탓 하던가? 어떤 물건이건 다 사용하기 좋게 만들 줄 아는 법이야. 자네들이 돌아갔을 때 부인들의 배가 불러 있지 않다면 내 손가락에 장을 지지지. 수도원 종탑의 그림자도 그녀들을 임신시킬 능력이 있으니 말이야."

그때 점잖은 그랑구지에가 나섰다.

"창조주 하느님의 이름으로 말하니, 돌아들 가거라. 그분께

가르강튀아

144

「전염병 유행에 대해 청원하는 성 세바스티아누스 Saint Sebastian Interceding for the Plague Stricken」

플랑드르 화가 조스 리페랭스의 1497~1499년경 작품. 15세기 프랑스 프로방스 지방에 흑사병이 닥치자 성 세바스티아누스(프랑스어로 세바스티앵)가 흑사병을 막아달라고 하느님 앞에 무릎을 꿇고 간청하는 장면을 그렸다. 세바스티아누스 성인은 원래 로마 황제 디오클레티아누스의 친위부대 군인이었지만 기독 교로 개종한 뒤 감옥에 갇힌 기독교인을 돕다가 발각당해 288년 순교한다. 황제는 사형을 명령했고 그는 기둥에 묶여 화살을 맞고 죽어간다. 그때 한 미망인의 도움으로 되살아나 다시 기독교를 박해하는 황제를 꾸짖다가 끝내 몽둥이에 맞아 죽은 뒤 하수구에 버려진다. 전설에 따르면 7세기 이탈리아 파비아에서 전염병이 유행하자 세바스티아누스 성인이 나타나 하느님께 청원했다고 한다. 군인, 전염병, 궁사 등의 수호 성인이다.

제10장 드디어 본격 전쟁이 시작되다: 첫 번째 승리

서 그대들을 영원히 인도하시리니 앞으로는 아무 소용도 없고 필요도 없는 여행길에 경솔하게 나서지 마라. 각자 자기 맡은 일에 충실하면서 가족을 먹여 살려라. 사도 성 바울께서 가르치신 대로 살아가면서 자식들을 가르쳐라. 그렇게만 하면 하느님과 천사들, 성인들의 가호가 그대들과 함께하리라. 또한 흑사병 같은 재앙이 그대들을 괴롭히지 않을 것이다."

그랑구지에는 아들 가르강튀아에게 그들을 홀로 데려가 식사를 대접하라고 했다. 순례자들은 한숨을 쉬다가 가르강튀아에게 말했다.

"이런 분을 군주로 모시는 이들은 얼마나 행복할까요! 왕께서 저희에게 해주신 말씀에서 저희 마을 교회에서 들었던 그 어떤 설교에서도 받지 못한 큰 가르침과 교훈을 얻었습니다."

가르강튀아는 그들에게 식사를 대접한 다음 그들의 보퉁이에 양식을 넣어주고 병에 포도주를 채워주었다. 여행을 편하게 하도록 말 한 필과 은화 몇 푼도 잊지 않고 챙겨주었다.

잠시 후 그랑구지에는 투크디옹을 불러오게 했다. 그리고 피크로콜이 도대체 왜 이런 분란을 일으켰는지, 그의 계획은 무엇인지 물었다. 투크디용은 자기 나라 과자 장수들이 입은 모욕을 구실로 이 나라 전체를 정복하려는 것이 그의 목적이자 계획이라고 말했다.

그랑구지에가 말했다.

"그건 지나친 욕심이오. 너무 많이 가지려 하다가는 아무것도 얻지 못하는 법이오. 이제 그런 식으로 이웃 형제 나라를 정복하던 때는 지났소. 예전에 전공(戰功)이라고 부르던 것을 이제 우리는 약탈이라고 부르고 있소. 그는 내 영토를 공격하기보다는 자신의 영토에 만족하고 제대로 통치하는 게 나을 거요. 그런다면 날로 부강해질 수 있겠지만 나를 약탈하려다가는 오히려 파멸을 맛볼 거요. 하느님의 이름으로 말하건대 그대는 돌아가서 올바른 일을 하시오. 그대의 왕이 잘못을 알아차릴 수 있게 하시오. 내 그대의 몸값을 치러주고 무기와 말도 돌려주겠소."

그랑구지에는 수도사를 불러 모든 사람들 앞에서 물었다.

"장 수도사, 내 좋은 벗이여, 그대가 이 사람을 포로로 잡았소?"

수도사가 대답했다.

"전하, 그가 전하의 앞에 대령해 있고, 나이 든 데다 분별력도 있으니 제 말보다는 그에게 직접 듣는 것이 어떠신지요."

그러자 투크비용이 대답했다.

"전하, 분명히 그가 저를 사로잡았습니다. 저는 솔직히 포로가 된 것을 인정하고 항복했습니다."

그러자 그랑구지에가 수도사에게 물었다.

"그러면 그대는 저 사람에게 몸값을 요구했소?"

"아닙니다. 저는 그런 건 관심도 없습니다."

"그래, 그대는 포로를 잡은 대가를 원하지 않는다는 말이오?"

"한 푼도, 단 한 푼도 바라지 않습니다. 그런 걸 바라고 한 일이 아닙니다."

하지만 그랑구지에는 투크비용을 포로로 잡은 대가로 수도사에게 금화 6만 2,000냥을 주라고 지시했다. 그리고 투크비용에게 간단한 식사를 대접했다. 그런 후 그에게 좋은 칼과 금목걸이와 금화 1만 냥을 선물로 주어 돌려보냈다. 그를 안전하게 라 로슈 클레르모 성까지 호위하도록 120명의 궁수도 딸려 보냈다.

그가 떠나자 장 수도사는 그랑구지에한테서 받은 금화를 고스란히 돌려주며 말했다.

"전하, 지금 이런 식으로 하사금을 내려주실 때가 아닙니다. 전쟁이 끝날 때까지는 어떤 일이 벌어질지 모르니 그대로 간직하십시오. 전쟁에는 언제나 충분한 군자금이 필요한 법입니다. 전투의 활기는 돈이 좌우하니까요."

그랑구지에가 대답했다.

"그러면 전쟁이 끝난 다음, 그대를 비롯해서 수고한 모든 사람에게 정당한 보상을 하도록 하겠소."

제11장 전쟁에 승리하여 적에게 관용을 베풀고 공을 세운 자들에게 상을 주다

이 무렵 그랑구지에와 동맹을 맺은 이웃 왕국에서 전쟁에 필요한 병력과 자금 등을 지원해주겠다고 알려 왔다. 그랑구지에는 완곡한 말로 그들의 도움을 받아들이지 않았다. 그는 깊은 사의를 표명하면서, 선량한 사람들을 그토록 많이 전쟁에 끌어들이지 않고 이 전쟁을 치를 계획이라고 밝혔다.

자신의 진영으로 돌아간 투크디용은 피크로콜에게 자신이 겪은 일에 대해 자세히 보고했다. 마지막으로 그는 그랑구지에와 화해할 것을 강력하게 권했다. 그는 그랑구지에가 이 세

상에서 가장 훌륭한 덕을 갖춘 인물임을 알게 되었고 그런 이
웃을 이렇게 괴롭히는 일은 얻는 것도 없고 도리에도 맞지 않
는다고 덧붙였다. 마지막으로 투크디용은 우리의 무력으로 그
를 쉽게 격파할 수도 없을 것이며 우리 쪽만 큰 피해를 입게
될 것이라고 말했다. 그가 말을 채 끝내기도 전에 아티보가 큰
소리로 외쳤다.

"이렇게 쉽게 매수되는 자를 신하로 둔 군주는 얼마나 불행
한가! 저자의 마음은 완전히 돌아섰습니다. 아예 적들 편을 들
고 있습니다. 저런 배신자는 죽여 마땅합니다!"

자신의 진심이 모욕당하자 투크비용은 즉시 칼을 뽑아 아
티보의 가슴을 베어버렸다. 그러고는 칼을 높이 들고 당당하
게 외쳤다.

"충직한 신하의 간언을 헐뜯는 자는 이렇게 죽으리라!"

피크로콜은 이름에 걸맞게 벌컥 화를 내며 투크비용이 들
고 있는 칼과 화려한 칼집을 보고 말했다. 그랑구지에가 선물
로 준 것이었다.

"감히 내 앞에서 내 친구를 죽이라고 놈들이 네게 이 무기
를 주었느냐!"

그는 궁수들에게 그를 향해 활을 쏘라고 명령했다. 방 전체가 순식간에 피로 물들었다. 그러고 나서 피크로콜은 아티보의 시체를 명예롭게 매장하고 투크디용의 시체는 성벽 너머 계곡에 던져버리게 했다. 피크로콜의 잔인한 처사가 전군에 알려지자 병사들의 사기가 크게 떨어졌다.

이제 가르강튀아가 군대의 총지휘를 맡았다. 부왕은 요새에 머문 채 그들을 격려했고 공을 세우는 이들에게는 보상을 해주겠다고 약속했다. 부대는 베드 여울을 건넌 뒤 지형을 살펴본 후 작전 회의를 열었다. 짐나스트가 나서서 말했다.

"전하, 프랑스인들은 기질이 첫 공격 때만 용맹을 발휘합니다. 그때는 악마들보다 지독하지요. 하지만 싸움이 길어지면 여자들보다 못하게 된답니다. 역사가들이 다 증명하고 있는 사실이지요. 그러니 부하들이 좀 쉬면서 숨을 돌리면 바로 총공격 명령을 내리십시오."

가르강튀아는 그 의견을 받아들였다. 가르강튀아는 일부 부대만 예비로 언덕 쪽에 남겨두고 모든 군대를 들판에 포진시켰다. 장 수도사는 6개 보병부대와 군사 200명을 이끌고 신속히 늪지대를 지나 성 가까이로 이동했다.

　장 수도사가 이동하는 동안 공격이 시작되었다. 피크로콜의 부하들은 밖으로 나가 교전을 벌여야 할지 아니면 꼼짝 않고 성을 지켜야 할지 갈피를 잡을 수 없었다. 그런데 피크로콜이 무모하게 궁정수비대를 이끌고 성에서 나왔다. 그러나 곧 언덕 쪽에서 우박처럼 쏟아지는 대포알 세례를 받았다. 성안에 남은 병사들이 그들을 돕기 위해 화살을 날렸지만 헛되이 허공만 가를 뿐이었다.

　포격에 많은 사상자가 발생하자 피크로콜의 병사들은 퇴각하려 했다. 그때 매복해 있던 장 수도사 부대들이 나타나 퇴로를 막아버렸다. 적들은 마구 흩어져 도망가기 바빴다. 병사들이 그들을 추격하려 했지만 장 수도사가 말렸다. 그들을 추격하다 대열이 흩어지면 성안에 있던 적군의 공격을 받을 우려가 있었기 때문이다.

　장 수도사는 프롱티스트(신중한 사람) 공작을 가르강튀아에게 보내, 군대를 성 왼쪽 언덕으로 보내서 피크로콜이 그쪽으로 퇴각하는 것을 막도록 건의했다. 가르강튀아는 즉시 그대로 실행해 세바스트(존경받는 사람) 휘하의 4개 연대를 그곳에 파견

제11장 전쟁에 승리하여 적에게 관용을 베풀고 공을 세운 자들에게 상을 주다

했다. 그런데 그들은 도중에 흩어져 도망치던 피크로콜과 그의 부하들과 정면으로 맞닥뜨리게 되었다. 그들이 공격을 감행하자 성벽 위에 있던 적들이 화살과 대포로 공격을 해 왔다. 이것을 보고 가르강튀아가 우군을 지원하기 위해 달려갔고 그의 대포들이 성벽을 향해 집중 포격을 했다. 그러자 성내 모든 병사들이 그곳으로 집결했다.

장 수도사는 자신이 공격하는 쪽의 적병들이 어디론가 없어진 것을 보자 요새를 향해 돌진했다. 그러고는 일부 병사들과 함께 가만히 성벽을 기어올랐다. 그는 아무런 저항도 받지 않고 성문의 경비병들을 죽인 다음 성문을 열었다. 열린 성문으로 아군이 들어오자 그들은 함께 적의 배후를 급습하여 격퇴시켰다. 적들은 모두 수도사에게 항복했다. 수도사는 그들의 무기를 압수한 다음 성당에 감금했다. 그러고는 동쪽 성문을 열고 가르강튀아를 돕기 위해 성 밖으로 나섰다.

그들이 돌진해 오자 피크로콜은 성안에서 지원군이 나온 것으로 알고 더 용감하게 가르강튀아 부대에 덤벼들었다. 그러나 가르강튀아가 "장 수도사. 내 친구, 장 수도사. 좋았어, 환영하오"라고 큰 소리로 외치는 것을 보고는 사태가 끝난 것을 알았다. 피크로콜과 그의 부하들은 상황이 절망적이라는 것을 알고는 사방으로 도주하기 시작했다. 가르강튀아는 얼마간 그들은 추격하며 살육한 다음 퇴각 나팔을 불었다.

절망한 피크로콜은 부샤르 섬을 향해 도망쳤다. 그러나 리비에르로 가는 길에 그가 탄 말이 발을 헛디뎌 땅에 넘어졌다. 그는 이름 그대로 화가 나 칼을 뽑아 말을 죽여버렸다. 제 손으로 탈 것을 죽였으니 도리가 없었다. 그는 근처에 있던 방앗간의 당나귀를 훔쳐 타려고 했다. 그러자 방앗간 일꾼들이 몰려나와 그를 두들겨 팼다. 그들이 그의 옷을 다 빼앗아버려서 몸을 가릴 것이라고는 남루한 작업복밖에 없는 신세가 되었다.

그 성질 고약한 인물은 그렇게 사라져버렸다. 그 후 그가 어떻게 되었는지는 아무도 모른다. 일설에 따르면 그는 지금 리옹에서 변변찮은 장사치 노릇을 하고 있는데 여전히 전처럼 성을 잘 낸다고 한다. 그가 옛 왕국의 부활을 꿈꾸고 있는지 아닌지는 나도 잘 모르겠다.

패잔병들을 쫓다가 퇴각한 가르강튀아는 인원을 점검해보았다. 보병부대 병사 몇 명 외에는 전투에서 목숨을 잃은 자가 거의 없었다. 다만 포노크라트가 윗몸에 화승총을 한 방 맞은 것이 문제였다. 하지만 상처는 깊지 않아 금방 치료할 수 있었다.

가르강튀아는 병사들을 배불리 먹이라고 지시한 후 탈환한 도시는 원래 자신들의 영토니 아무런 피해도 입히지 말라고 엄명을 내렸다. 그리고 병사들을 광장에 모이게 한 다음 6개월 치의 보수를 지급하라고 지시했다.

그런 후 그는 피크로콜의 부하들 중 살아남은 이들을 광장에 모이게 한 다음 영주들과 지휘관들이 보는 앞에서 다음과 같이 말했다.

"여러분은 우리의 조상들이 수많은 전쟁에서 승리했을 때 정복한 땅에 기념물을 세우기보다는 자비를 베푸는 길을 택하셨던 것을 잘 알 것이다. 자비에 따라 얻는 생생한 기억이 개선문이나 피라미드에 새겨진 비문보다 더 오래가며 더 값진 것이라고 평가하셨기 때문이다. 여기서 일일이 그 예를 들지는 않겠다.

나는 우리 조상들로부터 대대로 내려오는 관용의 전통을 훼손하고 싶지 않다. 따라서 여러분을 석방하여 전과 같이 자유로운 몸이 되게 해주겠다. 또한 여러분이 성문을 나갈 때 무사히 가족 품으로 돌아갈 수 있도록 석 달 치의 보수를 지급할 것이고 여러분을 우리 병사들이 안전하게 호위할 것이다. 하느님의 가호가 그대들과 함께하기를!

나는 피크로콜 왕이 지금 이 자리에 없다는 것을 진심으로 유감스럽게 생각한다. 그랬다면 이 전쟁은 내 의지나 욕심과는 전혀 상관없이 일어났다는 것을 여러분에게 확실히 알릴 수 있었을 것이다. 이제 그가 종적도 없이 사라졌으니 그의 왕국을 그의 아들이 다스릴 수 있기를 바란다. 그러나 그 아들은 아직 다섯 살도 되지 않아 너무 어리다. 따라서 왕국의 원로들과 학자들이 나서서 그를 교육해주기를 바란다. 왕국이 곤경에 처하면 사리사욕에 눈먼 자들이 나라를 어지럽힐 수 있다. 포노크라트가 모든 교사들을 통솔하는 사부가 되어 아이가 홀로 통치할 능력을 가질 수 있을 때까지 그를 돌보기를 명하니, 즉시 시행하도록 하라.

나는 잘못을 저지른 자에게 너무 원칙 없는 관용을 베풀면 위험하다는 것을 잘 알고 있다. 그들은 자신들의 잘못을 모두 용서받았다는 착각에 더욱 거침없이 악행을 저지를 수 있기 때문이다. 우리의 위대한 선조들은 널리 관용을 베푸는 한편, 반란 주도자들은 엄벌에 처했다. 이에 따라 나는 이 전쟁의 원인을 제공했던 그 잘난 마르케와 그에게 동조했던 과자 장수들, 피크로콜 옆에서 그를 부추겼던 모든 참모, 지휘관, 장교, 시종을 내게 넘겨줄 것을 명한다."

연설을 마친 가르강튀아는 그가 요구했던 전쟁의 주모자들 중에서 스파다생, 메르다유, 므뉘아유와 그날 전투에서 죽은 과자 장수 두 명을 제외하고는 모두 넘겨받았다. 앞의 세 명은 약삭빠르게 전쟁이 시작되기도 전에 어디론가 도망을 가버렸던 것이다. 가르강튀아는 넘겨받은 자들에게 최근에 그가 세운 인쇄소에서 일할 것을 명했을 뿐 다른 처벌은 하지 않았다.

그는 전투에서 사망한 이들을 안장하고, 부상자들을 정성껏 치료해주도록 명령한 후 백성들이 입은 피해를 보상해주도록 했다. 그리고 성을 더욱 견고하게 쌓아 앞으로 있을지 모를 예기치 못한 사태에 더욱 단단히 대비하도록 했다. 그러고는 정예부대 몇몇 병사들과 각 부대 지휘관들을 데리고 그랑구지에를 알현하러 돌아왔다.

이들이 돌아온 것을 보고 그랑구지에가 글로 표현할 수 없을 정도로 기뻐했음은 물론이다. 그랑구지에는 그들을 위해 이 세상에서 본 적이 없을 만큼 화려하고, 풍성하고, 맛있는 음식으로 잔치를 준비하라고 지시했다. 식사를 끝내고 나서 그랑구지에 왕은 그들 모두에게 온갖 그릇들을 나누어주고 금화를 지불했으며 인근의 성과 토지를 분배해주었다. 포노크라트에게는 라 로슈 클레르모, 짐나스트에게는 드 쿠드레, 외데몽에게는 몽팡시에를 주었으며 나머지 사령관들에게도 나머지 영토를 분배해주었다.

제11장 전쟁에 승리하여 적에게 관용을 베풀고 공을 세운 자들에게 상을 주다

제12장 가르강튀아, 장 수도사를 위해
텔렘 수도원을 짓다

　　　　모든 사람이 상을 받고 이제 장 수도
사만 남았다. 가르강튀아는 그를 쇠이예의 수도원장으로 삼으
려 했다. 하지만 장 수도사는 사양했다. 그러자 그에게 더 큰 부
르괴유나 생 플로랑 수도원 중 하나를 주려고 했고 원한다면
둘 다 주려고 했다. 그러자 장 수도사가 단호하게 말했다.

"저는 저 자신도 다스리지 못합니다. 그런데 어찌 다른 사
람들을 다스리겠습니까? 그 대신, 제가 전하께 봉사한 게 전
하의 마음에 드신다면 제 계획대로 수도원을 하나 새로 세우
도록 허락해주십시오."

가르강튀아는 그의 제안을 흔쾌히 받아들였다. 그는 장 수도사가 수도원을 새로 세울 수 있도록 루아르 강변에 있는 포르 위오 숲에서 이십 리 떨어진 텔렘 지방 전체를 그에게 제공해주었다. 수도사는 가르강튀아에게 다른 수도원과는 영 딴판인 수도원을 세울 수 있게 허락해달라고 했다.

가르강튀아가 즐겁게 대답했다.

"그렇다면 다른 수도원들이 온통 웅장한 벽으로 둘러싸여 있으니 주변에 벽을 세우지 말아야 하겠소."

"바로 그겁니다. 앞뒤로 벽이 가로막고 있으면 그 안에서는 불평과 시기, 음모가 생기기 마련이지요."

그런 후 가르강튀아와 장 수도사는 완전 의기투합해서 수도원의 원칙을 함께 정했다. 말하자면 이런 식이었다.

이 세상 모든 수도원에서는 모든 것이 시간표에 따라 정해지고, 제한되고, 규제를 받으므로 이곳에서는 시계를 두지 않고 상황에 따라 모든 일이 진행되도록 한다. 이 세상에서 가장 시간을 낭비하는 일은 바로 시간을 따지는 일이고, 이 세상에서 가장 멍청한 짓은 자신의 양식과 분별력 대신 종소리에 맞추어 자신을 다스리는 일이기 때문이다. 또한 이 세상 수도원에서는 애꾸나 절름발이, 꼽추, 못생기거나 비쩍 마른 여자, 미친 여자, 정신이 나간 여자, 배냇병신, 집안의 골칫거리인 사람들만 받아들이고 있으므로, 이곳에는 예쁘고 정상적인 신체에 훌륭한 성품을 갖춘 여자들과, 마찬가지로 잘생기고 몸도 좋고 품위가 있는 남자들만 받는다.

또 한 가지, 남자건 여자건 수련 기간을 거쳐 일단 수도원에 들어오면 살아 있는 동안 영원히 그곳에 머물게 되어 있는 것이 세상 원칙인 데 반해, 이곳에 들어온 남자나 여자는 그들이 원할 때면 언제고 자유롭게 나갈 수 있도록 한다.

마지막으로 한 가지, 보통 수도사들은 순결과 청빈, 그리고 복종의 세 가지 서약을 하게 되어 있는데 반해, 이곳에서는 누구나 명예롭게 결혼할 수 있으며 부자도 될 수 있고 자유롭게 살 수 있도록 제도를 마련한다.

이 모든 원칙이 정해지자 이곳에 들어올 수 있는 합법적인 나이를 정했는데, 여자들은 열 살부터 열다섯 살까지, 남자들은 열두 살부터 열여덟 살까지였다.

수도원 시설을 건립하기 위해 가르강튀아는 270만 831냥의 금화를 제공했고, 모든 것이 완성될 때까지 디브 강에서 매년 올리는 수익금 중 많은 양을 수도원 건립에 배당했다. 또한 수도원의 기금과 유지 비용을 국가가 영구 지급 보증하고, 수도원이 벌어들이는 모든 수익에 대해서는 세금을 면제해주도록 증서를 써주었다.

모든 준비가 마련되자 드디어 수도원이 건립되었다.

건물은 육각형이고 각 모서리에는 지름 육십 보의 커다란 탑이 세워졌다. 북쪽으로는 루아르 강변에 북극이라는 이름의 탑을 세우고, 훈풍이라는 이름의 탑을 동쪽을 향해 세웠다. 그런 다음에는 동방, 남방, 서방, 빙설이라는 이름의 탑을 세웠다.

성당 건물은 루아르 강변의 유명한 샹보르나 샹티이 성들보다 백배는 더 장엄했다. 이 건물에는 9,332개의 방이 있고 각 방에는 부속실, 서재, 옷장, 예배실이 딸려 있으며 모든 방이 커다란 홀과 통하게 되어 있었다. 그리고 본채 한가운데는 나선형 계단이 있어 그 계단을 통해 지붕 위로 오르거나 다른 방이나 홀로 갈 수 있게 했다.

한편 북극 탑과 빙설 탑 사이에는 그리스어, 라틴어, 히브리어, 프랑스어, 토스카나어로 쓰인 책들을 소장한 커다란 도서관을 두었다. 그리고 동방 탑에서 남방 탑까지는 아름다운 회랑을 설치하고 고대의 무훈, 역사, 지상의 풍경을 묘사한 벽화들을 그려 넣었다.

한편 건물 중앙에 있는 커다란 문 위에는 고대 문자로 큼지막하게 다음과 같은 글을 써놓았다.

위선자, 편협한 신앙심을 가진 자여,
이곳에 들어오지 마라!
늙은 원숭이, 거짓 신자, 살찐 돼지,
어리석은 자, 탕자, 멍청이, 모사꾼이여!
너희의 악습은 다른 곳에 가서 팔아라.
너희의 사악한 관습으로
내 들판을 사악함으로 채울 것이고
내 찬양을 방해할 것이기 때문이다.

만족이라고는 모르는 법률가여,
이곳에 들어오지 마라!
서생, 법원 서기, 백성을 좀먹는 자들,

종교재판관, 율법학자, 바리새인,
착한 교구민들을 개처럼 궁핍 속에 몰아넣은 퇴물 재판
관이여!
너희를 보상해줄 곳은 교수대뿐이다!
이곳에는 너희에게 의뢰할 소송이 없으니
너희 있는 곳에서나 울부짖도록 하라.

인색한 고리대금업자여,
이곳에 들어오지 마라!
식탐 가득한 자, 돈을 긁어모으는 사기꾼, 탐욕스러운 자,
돈을 위해 허리를 굽히는 자, 헌금 그릇의 100냥에도
만족하지 않는 들창코여!
너희는 싫증도 모르는 채
긁어모으고 쌓는 데 열중해 있으니,
이 추하기 짝이 없는 게으름뱅이들아,
너희는 곧 불운한 죽음을 맞아 사라지게 되리라.

허튼 소리나 지껄이고 다니는 질투장이여,

이곳에 들어오지 마라!

밤낮으로 신경질을 부리며 질투하는 늙은이,

반항심에 물든 모반자,

매독으로 뼛속까지 썩은 타락한 자들이여!

너희의 종기로 이곳을 더럽히지 마라.

그대들, 모든 고귀한 기사들이여!

이곳으로 들어오라!

영접과 환대를 받으라.

이곳은 귀족이건 평민이건

수천 사람을 모두 부양할 수 있다.

그대들은 나의 친한 친구가 될지니

기분 좋고, 쾌활하고, 즐겁고, 재미있고, 사랑스럽게,

모두 다 같이 고상한 동료가 되리.

세상의 비난을 무릅쓰고 성스러운 복음을 열성으로 전

한 그대들이여,

이곳으로 들어오라.

세상을 속이는 그릇된 신앙으로부터

이곳에서 그대들은 피난처를 얻으리.

들어와서, 이곳에 깊은 신앙을 세우도록 하라.

고귀한 가문의 여성들이여,

이곳으로 들어오라!

천상의 얼굴에 꽃 같은 미모를 지닌 그대들,

건강한 육체에 몸가짐 정숙하고 현명한 그대들,

자유로운 의사에 따라 기꺼운 마음으로 들어오라.

이곳에서 명예로운 거처를 제공하리.

이 장소를 제공하신 귀인, 은덕을 베푸신 그분께서

그대들을 위해 이 모든 것을 명하셨으니

그분이 모든 것에 대비해 황금을 하사하셨다.

이렇게 하여 그곳에 들어온 남녀들은 더없이 쾌적한 거처에서 계절에 알맞은 옷을 입고 다음과 같은 원칙에 따라 생활했다.

텔렘 수도원의 생활 원칙

그들의 모든 생활은 규정이나 규칙이 아니라 자유의지에 따라 유지되었다. 그들은 일어나고 싶을 때 잠자리에서 일어나, 자신들이 원할 때 먹고 마시고 잤다. 그 누구도 그들을 깨우지 않았고, 그 누구도 그들에게 먹거나 마시라고, 무슨 일을 하라고 강요하지 않았다. 가르강튀아가 그렇게 정해놓은 것이다. 그들의 규칙은 단 하나밖에 없었다.

너 하고 싶은 대로 하라.

좋은 가문에서 태어나, 좋은 교육을 받고, 훌륭한 동료들과 함께 생활하는 자유로운 사람들에게는, 천성적으로 올바르게 행동하고 악을 멀리하는 본능이 있으며, 명예로운 행동으로부터 자극을 받기 때문이다. 자유롭게 미덕을 추구하고 예속의 굴레를 거부하는 고상한 성향은, 그러한 미덕을 강요할 때 오히려 사라진다. 우리는 언제나 금지된 일은 더 하고 싶고 우리에게 거부된 것은 더 간절히 원하기 마련이기 때문이다. 누구건 미덕을 억지로 권하고 강요하면 그에게서 미덕은 사라진다!

그렇게 자유로운 분위기에서 그들은 자신들 중 한 사람이 원하는 것을 모두 함께하려는 선의의 경쟁을 벌였다. 어떤 사람이 "마시자"라고 하면 모두 마셨고, "놀자"라고 하면 함께 놀았다. 누가 "들판에 나가 즐기자"라고 하면 모두 함께 들판으로 갔다. 매사냥이라도 나가면 여성들은 잘생긴 온순한 암말을 타고 예쁘게 장갑을 낀 주먹 쥔 손 위에 새매, 난추니, 작은 매를 올려놓았다. 남성들은 그들에게 어울리는 다른 새들을 데리고 갔다.

그곳 남성들은 모두 훌륭한 교육을 받았다. 모두 읽고, 쓰고, 노래 부르고, 악기를 연주하는 데 능했으며 대여섯 개 언어로 말하고 시와 산문을 지을 줄 알았다. 그처럼 용감하고, 예절 바르고, 땅에서나 말 위에서나 능수능란하고 온갖 무기를 잘 다루는 기사들은 본 적이 없었다.

여성들도 마찬가지였다. 그녀들보다 우아하고, 귀엽고, 손재주 뛰어난 여성, 고상하고 자유로운, 여자에게 적합한 모든

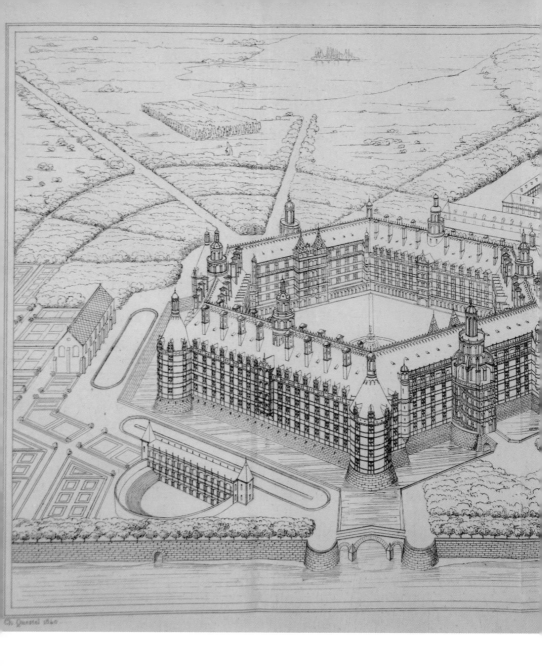

가르강튀아

텔렘 수도원 전경

프랑스 고고학자 샤를 르노르망의 1840년 저서 『라블레와 르네상스 건축: 텔렘 수도원의 복원』에 실린 그림. 라블레는 텔렘 수도원이라는 일종의 유토피아를 건설함으로써 지식과 이성, 나아가 인간에 대한 엄청난 낙관주의를 보여준다. 유명한 토머스 모어의 『유토피아』에서는 최소한 통치자와 통치기구, 군대, 정해진 노동시간 등은 필요하다고 본다. 하지만 라블레의 이상향은 어떤 제한, 통제, 강제도 없는 무한 자유를 추구하는 대단히 급진적이고 무정부주의적인 유토피아다.

제12장 가르강튀아, 장 수도사를 위해 텔렘 수도원을 짓다

일에 그토록 뛰어난 여성들은 본 적이 없었다.

그곳 수도사들 중 누군가 부모의 요청이나 다른 이유로 수도원을 나가야 할 때가 되면, 그는 자신이 섬기기로 작정한 여성을 데리고 나가 결혼을 했다. 그들은 텔렘에서 헌신과 애정 속에서 생활했기에 결혼 후에도 훌륭하게 그런 생활을 이어나갔다. 그리하여 죽는 날까지 결혼 첫날처럼 서로를 사랑할 수 있었다.

이렇게 가르강튀아와 장 수도사는 텔렘 수도원에 그들의 이상향을 건설했다.

『가르강튀아』를 찾아서

    소설 『가르강튀아』를 펼쳐 들 준비를 하고 있는 여러분은 우선 준비를 단단히 해야 할 것 같다. 무슨 준비? 웃을 준비 말이다. 여러분은 소설을 펼쳐 들 때 보통 어떤 마음가짐을 갖는가? 물론 교과서를 펼쳐 들 때와는 다른 마음가짐일 것이다. 아마 속으로 은근히 재미를 기대할 것이다. 그래도 마음 한구석으로는 어쩔 수 없이 무언가 배우겠다는 진지한 마음이 들기도 할 것이다. 아무리 소설이라도 일단 '책'이 아닌가? 더욱이 많은 사람들이 칭송하는 세계 명작이 아닌가? '세계 명작 소설책'을 컴퓨터 게임 하듯이 읽어치울 수는 없는 노릇 아닌가? 뭔가 남는 게 있을 것 아닌가?

    그런데 『가르강튀아』의 작가 라블레는 소설 첫머리에서부터 "웃음이 인간의 본성"이라는 말을 우선 독자에게 알리고 시작한다. 그뿐인가? 『가르강튀아』는 아예 "고명한 술꾼, 그리고 고귀한 매독 환자 여러분에게 이 책을 바친다"는 말로 시작된다. '술꾼과 매독 환자'에게 바치는 소설이라니! 잘못 본 것 아닌가, 눈이 의심스럽다. 처음부터 우리의 기대를 뒤집어버린다. 이 소설은 정상적인 생각을 갖고 정상적인 생활을 하는 건전한 사람이 보라고 쓴 게 아니라고 선언해버린다. 다른 소설을 읽듯이 좀 진지한 자세를 취하면 작가에게 야단맞을 것 같다.

그런데 이런 그의 소설이 후대의 프랑스 문학에 가장 큰 영향을 준 작품이라는 평가를 받는다. 거기다 18세기 이후 프랑스 문학의 대가들은 입이 마르게 라블레를 칭찬한다. 빅토르 위고는 라블레를 "인간 정신의 심연"이라고 말했고, 발자크는 "피타고라스, 히포크라테스, 단테를 요약한 인류의 위대한 스승"이라고 격찬했으며, 플로베르는 "우리 인생이 신비에 차 있듯이, 신비에 가득 찬 아름다운 작품"이라고 극찬했다. 게다가 러시아의 저명한 문학 연구가인 바흐친이라는 사람은 라블레의 작품이 진정한 의미에서 근대소설의 기원이라고까지 평가한다. 그렇다면 첫 쪽부터 우리에게 웃을 준비를 하라고, 건전한 상식을 뒤집으라고 말하는 이 작품이 어떻게 그런 평가를 받을 수 있는 것인가? 웃음이란 무엇인가? 뒤집기란 무엇인가?

『가르강튀아』의 웃음이 어떤 뜻을 갖고 있는지 제대로 알려면 작품의 시대 배경을 좀 알아야 한다. 라블레의 『가르강튀아』는 세르반테스의 『돈키호테』처럼 르네상스가 배경이다. 르네상스란 나중에 『돈키호테』의 해설에서도 말하겠지만 '재탄생'이라는 뜻이다. 다시 태어났다고 느낄 만큼 세상이 확 바뀌었다는 뜻이다. 그런데 그런 새 시대를 맞이하는 자세가 두 작품은 완전히 다르다. 『돈키호테』는 사라진 기사도 정신을 그린 소설이다. 반면에 『가르강튀아』는 새로운 시대를 쌍수를 들어 환영하는 소설이다. 『돈키호테』에서는 세상이 변했는데도 여전히 기사도 정신을 실천하려는 주인공 '돈키호테'가 사람들에게 조롱의 대상이 된다. 하지만 『가르강튀아』의 주인공 가르강튀아는 세상 전체를 조롱한다. 돈키호테는 책에서 읽은 내용을 현실로 착각하면서 세상 모든 일을 지나치게 진지하게 받아들인다. 반대로 가르강튀아는 이 세상 모든 진지한 것들을 비웃는다. 바로 그 차이 때문에 『돈키호테』는 우리를 좀 슬프게 만들고 『가르강튀아』는 우리를 유쾌하게 만든다.

『가르강튀아』의 웃음은 이미 주어진 권위와 질서를 비웃는 웃음이다. 새 시대가 왔는데도 여전히 낡은 규율과 관습에 얽매여 있는 모든 생각과 행동을 비웃는 웃음이다.

그런데 『가르강튀아』의 웃음의 진짜 의미는 다른 데 있다. 그 웃음은 비웃음을 넘어 기쁨과 환희의 웃음이다. 억압과 구속에서 벗어난 해방의 웃음이다. 무슨 억압과 구속에서 벗어난 것인가?

모두 알다시피 서양 중세는 기독교 가치가 지배하던 시기다. 달리 말하면 교회의 권위가 으뜸이던 시기다. 얼마나 교회의 권위가 강했는가 하면, 교황이 황제와 권력 다툼을 벌일 정도였다. 교회가 건강하게 제 역할을 수행하면 그다지 큰 문제가 없다. 그런데 중세 말기에 이르러 교회가 타락하기 시작한다. 우리가 이미 읽었던 보카치오의 『데카메론』, 심지어 단테의 『신곡』에서까지 성직자들은 온갖 나쁜 짓을 서슴지 않는 존재로 나온다. 교회는 하느님을 만나는 장소가 아니라 온갖 타락의 온상이 된다. 교회가 타락할수록 성직자들은 더 소리 높여 하느님의 이름을 외치지만, 그때의 하느님은 진짜 하느님이 아니다. 다른 사람들을 억압하고 구속하기 위해 빌린 이름일 뿐이다.

그 억압이 하도 심하니까 하느님에 대한 반발도 은근히 생긴다. 그럼 우리 인간은 뭐야? 우리 인간은 그냥 꼭두각시란 말이야? 우리는 그냥 교회가 시키는 대로만 하면 되고 이 세상이 어떻게 돌아가는지 알아볼 자유도 없단 말이야? 우리에게도 생각할 능력이 있고 자유가 있잖아! 우리에게도 알 권리가 있잖아!

『가르강튀아』의 웃음은 바로 그 자유를 실현한 기쁨의 웃음이다. 무슨 자유? 이상하게 들릴지 모르겠지만 '알고 싶은 자유'다. 사실상 타락한 중세 말기 교회에서 가장 억압한 것이 바로 사람들의 '알고 싶은 자유'였다. 사람들이 무지몽매해야 강압적인 권위를 발휘하기 쉬운 법이니 중세 말기의 타락한 교회는 하느님의 이름으로 사람들의 '알 권리'를 억압했다. 다른 말로 하면 인간의 '지식욕'을 하느님의 뜻에 어긋난다고 억압했다. 르네상스란 인간의 알고자 하는 욕망이 그 억압에 저항해 꿈틀거린 시대라고 보아도 된다. 그야말로 거대한 격변기였고 전환기였다.

라블레는 『가르강튀아』를 비롯한 작품들을 통해 '무언가 알고 싶은 인간의 욕망'이 아주 자연스러운 인간의 본성임을 우리에게 보여준다. 여러분도 모르던 것을 새롭게 알게 되었을 때 커다란 기쁨을 느껴본 경험이 있을 것이다. 그 기쁨은 시험 성적을 잘 받았을 때의 기쁨과는 다르다. 이유 없이 그냥 기쁘다. 소득 없이 그냥 기쁘다. 그만큼 자연스럽다. 라블레는 그 지식욕이 인간의 식욕만큼 자연스러운 것임을 그의 소설들을 통해 보여준다.

가르강튀아가 대단한 식욕을 가진 거인인 것은 그의 지식욕이 그만큼 크며 자연스러운 것임을 보여주는 소설적 장치다. 가르강튀아가 낙천적이고 즐거운 인물인 것은 그 지식욕을 채우면서 한없이 만족하고 있기 때문이다.

엉뚱한 질문 하나 하자. 여러분은 공부한다고 야단맞아본 적 있는가? 몰래 공부하면서 은밀한 기쁨을 느껴본 적 있는가? 그럴 리가 없다. 공부 열심히 하면 칭찬받지 야단맞다니! 억지로 하는 공부에서 기쁨을 느끼다니! 여기에 공부 잘하는 비결 하나가 있다. 『가르강튀아』를 읽고 실컷 웃어보라. 웃으면 자유로워진다. 그 무언가 새롭게 안다는 게 기쁘다. 공부하는 게 즐겁다. 시험 성적에 대한 걱정이 사라진다. 그러면 훌륭한 성적표가 저절로 여러분 앞에 기다릴 것이다.

　프랑스 16세기를 대표하는 작가인 프랑수아 라블레는 쉬농 근처의 라 드니비에르라는 작은 마을에서 1483년 변호사인 앙투안 라블레의 둘째 아들로 태어났다(1493년에 태어났다고 주장하는 사람도 있다). 그는 1510년경 앙제 근처의 라 보메트에 있는 프란체스코 수도회 소속의 수도원에서 수도사 생활을 시작한다. 그 수도회는 엄격한 금욕주의를 강조하는 보수적 교단이었기에 그의 자유분방한 기질에 맞지도 않았고 그의 지적 욕구를 채워주기에는 미흡했다고들 한다.
　지식욕이 강했던 라블레는 법률과 신학을 공부한 다음 의학에도 관심을 갖는다. 그는 의학을 공부하기 위해 성직을 떠나 몽펠리에 대학에서 의학 공부를 시작한다. 대학 졸업 후 의사로

활동하면서 의학에 관한 고전 번역서를 여러 권 출간한다.

라블레가 작가로서 본격적인 활동을 시작한 것은 1532년 리옹에서 『팡타그뤼엘』을 출간하면서부터다. 그는 당시에 유행하던 작자 미상의 대중소설 『팡타그뤼엘 대 연대기』에 착안해서 이 작품을 쓰게 되었다고 집필 동기를 밝히고 있다. 첫 작품이 대성공을 거두자 그는 1534년에 『가르강튀아』를 발표한다. 팡타그뤼엘이 가르강튀아의 아들이므로 시대를 거슬러 올라가 작품을 쓴 것이다. 우리가 지금 읽은 소설이 바로 1534년에 발표한 『가르강튀아』로, 누구나 이 작품을 그의 대표작으로 꼽는다. 그는 1546년 『제3서』와 1552년 『제4서』까지 『가르강튀아』 연작을 잇달아 발표한다. 그리고 그가 죽은 뒤인 1562년(그는 1553년 4월 9일에 사망한다)에 『제5서』가 출간되지만 이 작품이 라블레의 작품인가는 지금까지 논쟁거리로 남아 있다.

라블레가 발표한 작품들은 『제4서』를 제외하고는 모두 이단이며 외설적이라는 이유로 금서 처분을 받는다. 아직 교회의 권위가 위력을 떨치던 격동기였기 때문이다. 그는 1553년 4월 초 파리의 자르댕 거리의 집에서 세상을 떠나면서 이런 말을 남겼다고 한다.

"막을 내려라. 소극(笑劇)은 끝났다."

"나는 위대한 가능성을 찾으러 간다."

라블레는 죽기 직전까지 다가올 미래에 대한 희망에 차 있었다.

『가르강튀아』 바칼로레아

1 『가르강튀아』는 르네상스라는 대 변혁기를 대표하는 작품으로 낡은 권위, 가치를 타파하고 새로운 세상이 왔음을 알리는 기념비적인 작품이다. 그런데 작품 전체는 읽는 이를 웃게 만드는 요설과 풍자로 가득 차 있다. 웃음이란 과연 무엇일까? 웃음에 과연 낡은 질서를 타파하고 새로운 세상을 건설하는 사회적 기능이 있을까?

2 이 소설의 주인공 가르강튀아는 두 번의 교육을 받는다. 첫 번째 받은 교육은 문법과 예절을 외우고 베껴 쓰는 교육이었으며 두 번째 교육은 스스로 배우고 싶다는 욕망을 불러일으키는 교육이었다. 여러분은 어느 교육이 더 효과적

이라고 생각하는가? 혹시 둘 다 필요하다면 각각의 교육의 효용성이 어떻게 다른지 생각해보자.

3 가르강튀아는 장 수도사에게 텔렘 수도원을 세워준다. 그 수도원의 규칙은 "너 하고 싶은 대로 하라"는 단 한마디 였다. 이런 식의 자유가 가능한가? 과연 모든 구속이 사라지면 사람들은 함께 어울려 잘 지낼 수 있을까?

가르강튀아

생각하는 힘: 진형준 교수의 세계문학컬렉션 8

| 펴낸날 | 초판 1쇄 2017년 9월 1일 |
| | 초판 2쇄 2018년 1월 17일 |

지은이	프랑수아 라블레
옮긴이	진형준
펴낸이	심만수
펴낸곳	(주)살림출판사
출판등록	1989년 11월 1일 제9-210호

주소	경기도 파주시 광인사길 30
전화	031-955-1350 팩스 031-624-1356
홈페이지	http://www.sallimbooks.com
이메일	book@sallimbooks.com

| ISBN | 978-89-522-3742-2 04800 |
| | 978-89-522-3718-7 04800 (세트) |

이 도서의 국립중앙도서관 출판시도서목록(CIP)은 서지정보유통지원시스템 홈페이지
(http://seoji.nl.go.kr)와 국가자료공동목록시스템(http://www.nl.go.kr/kolisnet)에서
이용하실 수 있습니다.(CIP제어번호: CIP2017019466)